서동지전

서동지전

김청엽 글 | 이서영 그림

보리

고전을 읽는 재미, '우리'를 찾는 첫걸음

오랜 옛날부터 사람들은 이야기와 노래를 즐겼습니다. 많고 많은 이야기와 노래 가운데 여러 사람들 사랑을 듬뿍 받아 으뜸으로 꼽히는 것이 있습니다. 다시 말해 옛사람이 만든 문학 작품의 대표 또는 본보기라고 할 만한 것이지요. 이런 것을 우리는 흔히 고전이라고 합니다.

나라마다 겨레마다 고전이 있습니다. 그래서 고전을 보면 곧 그 나라와 겨레의 삶과 생각을 엿볼 수 있지요. 옛사람들 삶과 생각은 오늘을 사는 우리의 뿌리입니다. 따라서 고전을 읽는 것은 우리가 누구인가를 알아내는 첫걸음입니다. 우리가 마땅히 우리 고전을 알아야 하는 까닭이 여기에 있습니다.

고전은 대개 글로 전해지는데, 우리 고전에는 어려운 말이나 한문투 말이 많아서 오늘날 어린이들이 읽기에 쉽지가 않습니다. 이것을 알맞게 다듬고 매만져서 누구나 쉽고 재미있게 읽을 수 있게 하는 일이 필요합니다. 이런 일은 중요하지만 만만치 않은 일이기도 합니다.

이 고전 다시 쓰기에 오랫동안 옛이야기 공부를 해 온 작가들이 나섰습니다. 우리는 먼저 각각의 고전을, 그 바탕이 되는 원본부터 꼼꼼히 살펴서 기둥본을 정하고 얼개를 짰습니다. 그런 다음에 쉬운 입말로 다듬어 썼습니다. 마치 재미난 옛이야기를 듣는 느낌이 들도록, 감

칠맛 나는 말맛을 살려 쓰는 데 힘을 쏟았습니다.

　큰 줄거리와 이야기 안에 담긴 생각은 충분히 살리면서도, 곁가지를 보태거나 빼거나 바꾸는 방식으로 이야기를 더 재미있게 만들려고 애썼습니다. 앙상한 이야기에는 살을 붙이고, 어수선한 곳은 조금 추려 내기도 했습니다. 고전은 전해지는 과정에서 조금씩 모양이 달라지며 여러 다른 본이 생기기도 하는데, 그런 것까지 생각한 결과입니다.

　고전이라고 하지만 이야기는 어디까지나 이야기입니다. 그러니 여러분이 이 책을 읽을 때는 부디 아무 부담 없이 편하게 읽으십시오. 읽다 보면 자기도 모르게 많은 것을 느끼고 깨닫게 될지도 모르지만, 처음부터 그런 것을 염두에 둘 필요는 없습니다. 그저 재미난 이야기 하나 듣는다는 마음으로 책장을 넘겨 보기 바랍니다. 생각보다 꽤 쏠쏠한 재미가 기다리고 있을 것입니다.

글쓴이들을 대표하여
서정오

쥐와 다람쥐의 다툼에 빗대 사회를 풍자한 이야기

《서동지전》은 지은이나 지은 때가 뚜렷하지 않은 옛 소설입니다. 부자인 서대쥐와 가난한 다람쥐가 먹을거리 다툼으로 백호랑이 판관 앞에서 송사를 벌이는 이야기지요.

이처럼 사람이 아닌 동물을 주인공으로 한 데는 까닭이 있습니다. 먹을거리 다툼을 통해 당시 백성들이 넘어설 수 없던 부와 가난의 문제를 드러내고, 송사를 통해 어질지 못한 지배층을 꼬집고자 함입니다. 또한 남성 중심이던 조선 시대에 남편의 그릇된 행동을 꾸짖고 맞서 싸우는 다람쥐 아내의 모습도 눈여겨볼 만하지요. 이렇듯 사회 문제를 풍자하다 보니 있는 그대로 말하지 못하고 은근히 동물에 빗대어 우화 소설로 풀어낸 것입니다.

《서동지전》은 여느 옛 소설처럼 이본이 전해지기는 하지만 그 수가 많지 않고 또 이본마다 등장인물의 처지가 크게 달라진다는 특징이 있습니다. 이 이야기를 쓸 때는 이본 가운데 조선 시대 영창서관에서 출판된 활자본을 기둥본으로 삼았습니다.

이야기 줄거리를 따라가다 보면, 등장인물끼리 서로 견주어 볼 만한 대목을 여럿 만나게 됩니다. 이를테면 일꾼 쥐와 다람쥐는 둘 다 가난하기는 마찬가지지만 가난을 대하는 태도가 전혀 다릅니다. 그러니 이들을 대

하는 서대쥐의 모습도 다를 수밖에요. 이럴 때 여러분이 판관이 되어 여러 인물을 견주면서 헤아려도 보고 비판도 한다면 이야기를 더욱 다채롭고 풍성하게 읽을 수 있을 것입니다.

《서동지전》에서 주인공 서대쥐는 포졸에게 잡혀갈 때도, 백호랑이에게 재판받을 때도 두려워하거나 주눅 들지 않습니다. 도리어 죄를 지은 것이 없으니 겁낼 필요 없다고 당당히 말하지요. 또 벌을 주어도 모자랄 다람쥐를 위로하고 용서해 줍니다. 이런 올곧은 모습은 작디작은 서대쥐를 무시무시한 백호랑이보다 더 큰 인물로 느끼게 합니다.

아무쪼록 이 책을 읽은 여러분이 크고 작은 어려움과 맞닥뜨리게 되었을 때 '모든 일은 반드시 바른 이치대로 돌아간다'고 믿던 서대쥐의 작지만 당당한 모습을 떠올려 보길 바랍니다.

김청엽

차례

그야말로 지혜로운 집안이로세

옛날 어느 큰 산에 신비한 굴이 하나 있었어. 깊숙이 들어가면 너른 공터가 나오고, 어디선가 환한 빛도 새어 들지. 모르고 들어가면 여기가 굴 안인지 밖인지 헷갈릴 정도야. 그런데 이런 깊은 굴을 어찌 알았는지, 서대쥐라는 나이 많은 쥐가 한 집안을 꾸리며 여기에 살고 있었어.

서대쥐가 본디부터 굴에서 지낸 것은 아니야. 전에는 여느 쥐들처럼 사람 사는 마을에서 음식을 몰래 훔쳐 먹고 살았거든. 그런데 어쩌다 이 깊은 산속까지 들어오게 됐느냐고? 그 까닭은 이래.

아주 먼 옛날, 사람들은 혼인하면서 서로 물건을 주고받았어. 그 가운데 하나가 바로 매끌매끌하고 보들보들한 비단이야. 한데 그 비단이 좀 귀해야 말이지. 값도 무척 비싸고 구하기도 힘들거든. 그렇다 보니 비단이 없어 혼인을 못 하는 사람까지 생겨났지 뭐야. 그래 궁리 끝에 비단 대신 짐승 가죽을 주고받기로 했어. 그렇게 한시름 덜었지.

한데 이 소문을 들은 짐승들은 시름시름 앓아눕네. 그 가운데서도 서대쥐는

"어이쿠, 내 가죽!"

하고는 아주 까무러쳤어. 생각해 봐, 사람들과 가장 가까이 지내며 귀찮게 하는 짐승이 누구겠어? 그러니까 사람들이 가장 먼저 가죽을 벗겨 낼 짐승 말이야.

밭 가는 소나 집 지키는 개는 꼭 필요하니 쉬이 잡을 수 없을 것 아니야? 아무짝에도 쓸모없고 성가시기만 한 짐승부터 잡을 텐데, 쥐 말고 누가 더 있겠어? 그래 서대쥐는 제 가죽 벗겨질까 무서워 부랴부랴 사람 곁을 떠나 굴속에 숨어 살게 된 거지.

그리하여 서대쥐 집안은 굴에 살면서 대대로 자손을 낳았어. 서대쥐 식구들은 사람 눈을 피해 밤에만 굴 밖으로 나와 산이고 들이고 마을이고 가리지 않고 먹이를 찾아 여기저기 쏘다녔지. 대신 낮에는 굴속에 콕 들어앉아서 꿈쩍도 안 했어.

하루는 서대쥐가 자손들 모인 자리에서 한숨을 폭 내쉬며 말했어.

"참으로 슬프구나. 우리 집안은 예로부터 아는 것 많기로 이름

높았다. 사람이고 짐승이고 우리한테 모르는 것을 묻곤 했지. 그뿐이냐? 먼 옛날엔 우리 할아버지의 할아버지의 할아버지를 스승이라 부르는 임금까지 있었다더라. 이처럼 우리 집안이 수백 대에 이르도록 아는 바가 많았는데, 지금은 굴속에 숨어서…… 쯧쯧쯧."

예전과 달리 글공부는 안 하고, 먹고사는 데만 힘쓰는 자손들이 영 걱정인 거야. 언제 죽어도 이상하지 않을 나이가 되고 보니 더 그렇거든. 죽은 뒤에 조상님 뵐 낯이 없는 거지. 그래서 서대쥐는 생각다 못해 자손들을 손수 가르치기로 했어.

"옳거니, 책을 지어 가르침을 줘야지!"

신이 나서 종이를 펼쳐 글을 쓰는데, 반나절도 안 돼서 눈은 흐릿하고 손은 덜덜 떨려 글자가 두 겹, 세 겹으로 써지네.

"그렇지, 말로 들려주면 될 것을 괜한 수고를 했군."

이번에는 자손들 모아 놓고 목청 뽑아 가며 이야기를 시작했는데, 또 반나절도 안 돼 목이 쉬어 끼이익 끽 쇳소리가 나는 거라. 마음과 달리 나이 든 몸이 따라 주지 않는 거지.

이러지도 저러지도 못하니, 서대쥐는 자손들 생각만 하면 가슴이 답답한 게 먹구름이라도 잔뜩 들이마신 것 같았어.

"아이고, 굴에 갇혀 살아 그런지 아주 속이 답답하구나. 너희 머릿속도 이렇게 밝지 못할까 걱정이다. 너희는 바깥세상이 어찌 돌아가는지는 아느냐?"

그러니까 앞에 앉은 쥐 하나가 기다렸다는 듯 입을 열어.

"할아버님! 저희가 많이 배우지는 못했어도 주워들은 것은 많습니다."

"그래? 어디서 누구한테 주워들었느냐?"

"큰할아버님과 큰할머님, 첫째 작은할아버님과 작은할머님, 둘째 작은할아버님과 작은할머님, 셋째 작은할아버님과 작은할머님, …… 아흔아홉째 작은할아버님과 작은할머님, 큰아버님과 큰어머님, 첫째 작은아버님과 작은어머님, 둘째 작은아버님과 작은어머님, 셋째……."

이건 뭐 고모 고모부, 이모 이모부, 외삼촌 외숙모도 모자라 사돈

의 팔촌까지 다 읊을 기세지. 그래 서대쥐가 그만 됐다고 말렸어.

"예, 그 많은 어른들께 들었던 말만 모아도 책 수십 권 읽은 양
은 될 것입니다. 또 밤마다 숨어 다니며 사람들이 하는 말도 얼
마나 많이 얻어들었게요. 그 덕에 조금은 알지요."

"암, 보고 들은 게 많으면 그만큼 아는 바도 많고말고."

서대쥐가 고개를 끄덕이자, 자손들이 차례로 돌아가며 한마디
씩 하네.

"먼 옛날 어느 임금은 글자를 만들었다지요? 그물 짜서 고기 잡
는 법도 가르쳤고요."

"그뿐인가요? 악기를 만들어 소리와 가락을 맞춘 임금도 있습
니다. 얼쑤 절쑤 지화자 좋다!"

"출렁출렁 물길 가는 배, 덜컹덜컹 흙길 가는 수레 만든 임금도

있지요!"

서로 마주 보고 여러 임금이 한 일을 노래하듯 술술 풀어 읊지. 서대쥐도 흥이 나서 귀 기울여 들었어.

그런데 가만 들어 보니 아무렇게나 떠드는 게 아니라, 처음 이 땅이 생기고 나라를 세운 첫 번째 임금부터 또박또박 차례대로 말하지 뭐야.

벼슬을 만든 임금, 제사를 가르친 임금, 달력 만들고 홍수 다스린 임금…… 이렇게 여러 대에 걸친 일들이 봇물 터지듯 입에서 쏟아지거든. 끝날 줄 모르는 세상 이야기에 밤을 새도 모자랄 판이야.

그러니 서대쥐가 얼마나 기분 좋아? 구부정하게 휜 허리를 쭉 펴고는 싱글벙글 웃었어.

그런데 곁에 있던 큰아들이 슬쩍 딴지를 거네.

"아버님, 옛날부터 재주 많기로 이름난 사람이며 짐승을 살펴보면, 이부자리에서 편안히 죽은 이가 몇 없답니다. 죄다 딱하게 죽었대요. 그러니 재주가 있고 없는 게 뭐 그리 중요하겠어요?"

큰아들 말은 많이 알고 똑똑하다고 잘 사는 것 아니더라, 이 말이지 뭐. 서대쥐는 큰아들이 자기 생각과는 영 딴판으로 이야기하는데도 고개를 끄덕끄덕하며 귀담아들었어.

"아버님, 저희가 크게 자랑할 재주는 없어도 이름자 적을 줄도 알고, 가진 재물 많고 적음도 헤아릴 줄 알지요. 또 제힘으로 먹

을거리를 구하니 빌어먹을 일도 없고, 식구들이 서로 믿고 아
껴 주니 두루두루 화목하지 않습니까?"

"옳지, 듣고 보니 큰애 네 말이 다 옳다. 그거면 됐지 무얼 더 바
랄까? 내 그동안 괜한 걱정을 했구나."

서대쥐는 당실당실 어깨춤이 절로 나왔어. 그 모습에 자손들도
덩달아 다당실 춤을 췄지. 옆에서 어른들 지켜보던 꼬마 쥐들이
노래까지 지어 부르니, 얼마나 흥겨운지 몰라.

우리네 서씨 가문
무얼 더 바랄까.

제 이름 적을 줄 알쥐.

재물 셈할 줄 알쥐.

먹을거리 구할 줄 알쥐.

서로 믿고 아끼쥐.

아 그뿐인가.

당실당실 다당실

노래 또한 잘하쥐.

당실당실 다당실

춤마저도 잘 추쥐.

독 안에 든 쥐 신세로구나

하루는 서대쥐 굴로 웬 쥐 하나가 후다닥 뛰어들더니, 서대쥐 앞에 넙죽 엎드려 절하는 거야. 가만 보니 산 아래에서 사는 일꾼 쥐였어. 서대쥐 굴에서도 일한 적이 있어서 반갑게 맞았지.

"오랜만이네. 잘 지냈나?"

"어르신, 이를 어쩝니까, 저는 이제 어쩝니까?"

"그게 무슨 소리인가? 알아듣게 말해 보게."

일꾼 쥐가 코를 훌쩍이며 이야기를 풀어놓았어.

"그게 날이 추워지니 먹고살 일이 막막하지 뭡니까. 그렇다고 아내와 아이들을 굶길 수도 없고요."

겨울엔 으레 먹을거리도 구하기 힘든 데다 눈까지 내리니 사람이든 짐승이든 살아 내기 힘들거든. 그러니 날이 추워지기 전에 바지런을 떨어야 그나마 새싹 돋는 봄까지 버틸 수 있지.

하지만 흉년이 들어 곡식이 모자라면, 제아무리 바지런하다 한들 무슨 소용이 있겠어? 사람 먹을 것도 모자란데 쥐한테까지 차례가 오겠느냐고?

산열매도 마찬가지야. 먹을 게 없으니 밤이고 잣이고 간에 사람들이 죄 그러모아 가서 남는 열매가 얼마 없거든. 그러니 쥐들은 볼가심할 것도 없지 뭐. 올해가 딱 그래. 먹을거리 구하기가 하늘의 별 따기야. 그러니 일꾼 쥐도 별수 있나. 안 그래도 힘든 겨울을 흉년 탓에 곱절은 더 고되게 보낼 수밖에.

그러다 하루는 달빛이 환한 날을 골라 집을 나섰어. 어린 자식들이 춥고 배고파서 바들바들 떨고 있으니 뭐라도 해야겠다 싶었던 거지. 그래 아랫마을 부자인 장 주사네로 간 거야.

일꾼 쥐는 사람 눈을 피해서 조심조심 그 집 곳간에 숨어들었어. 마침 한쪽 구석에 커다란 독 하나가 떡하니 있었지.

독이 어찌나 커다랗던지 꼭대기까지 기어오르는 일도 만만치 않아 보였어. 일꾼 쥐는 어쩔까 두리번대다가 독 옆에 놓인 빗자루를 타고 조르르 올라갔지. 마침 뚜껑이 열려 있어서 독 안이 훤히 보이네. 고개 쭉 빼고 들여다보니 무언가 희끄무레해.

"있네, 있어. 쌀이야, 쌀."

오랜만에 먹을 걸 봐서 그런지 배 속에서 난리가 났어. 몇 날 며

칠을 굶었으니 왜 안 그렇겠어? 그런데 독 안을 들여다보던 일꾼 쥐 얼굴이 갑자기 어두워졌어. 쌀을 찾고도 좋아하기는커녕 울상만 짓네.

"아이고, 내 신세야. 이 큰 독에 흰쌀이 반도 안 차 있으면 대체 어쩌란 말이냐. 매끈한 독을 무슨 수로 빠져나온담."

독이 너무 깊어서 한번 들어가면 다시 빠져나올 수가 없는 거야. 쌀이 가득 차 있으면 독 안에 폴짝 뛰어들었다가 훌쩍 뛰어나오면 될 텐데, 지금 같아서는 어림도 없는 일이었지. 암만 생각해도 저 깊은 곳에 내려갔다가는 다시 올라올 길이 막막했어.

그렇다고 이대로 집에 돌아갈 수도 없었어. 아버지가 먹을거리

구해 오기만 기다리고 있을 자식들 생각에 발이 안 떨어졌지. 그뿐인가, 빈속에 밤길을 헤쳐 오느라 기운이 쪽 빠져 한 발짝도 못 움직이겠거든.

일꾼 쥐는 한참을 이리저리 생각하다 마음을 독하게 먹었어.

"굶어 죽으나 갇혀 죽으나 죽기는 매한가지렷다. 빈손으로 집에 돌아간대도 어차피 굶어 죽을 거, 주린 배라도 채워서 기운을 차려야겠다. 그런 다음 어떻게든 식구들 살릴 길을 찾으면 되겠지."

그러고는 몸을 날려 독 안으로 들어가 닥치는 대로 쌀을 입에 욱여넣으며 주린 배를 채웠어.

홀쭉했던 배가 보름달처럼 빵빵하게 부르니 다시 기운이 샘솟거든. 이제 얼른 쌀을 챙겨서 독을 빠져나가기만 하면 됐지. 그래 일꾼 쥐는 힘껏 독 벽에 달려들었어.

다다닥 달려서 턱하고 뛰니 찰싹 몸이 붙네그려. 어기적어기적 기어서 독 벽을 얼추 반쯤 올랐는데, 이를 어째? 그만 속절없이 주르륵 미끄러지고 말았네. 그래 혹시나 하고 다시 덤볐지. 한데 역시나 안 돼.

다다닥 달려 턱 올랐다가, 조르륵 미끄러지고,

다다닥 턱 올랐다가, 조르륵 미끄러지고,

다다닥 턱 조르륵, 다다닥 턱 조르륵,

자꾸 이러니 미칠 노릇이지.

이쪽이 더 미끄러운가 싶어 바득바득 요쪽을 타도, 요쪽이 더 미끄러운가 싶어 부득부득 저쪽을 타 봐도 아무 소용없거든.

그래도 아내와 자식들 생각에 그만둘 수가 있어야지. 일꾼 쥐는 기운 달리면 다시 쌀을 집어 먹고 독 벽에 매달리고 또 매달렸어. 그러느라 지칠 대로 지쳐 버렸지. 쌀독에 주저앉아 뻥 뚫린 입구를 올려다보니 천장이 밤하늘처럼 아주 까마득하거든.

"이게 바로 독 안에 든 쥐 신세로구나."

일꾼 쥐는 하릴없이 사람 눈에 띄지 않게 쌀독에 숨어 며칠을 보냈어. 언제고 여길 빠져나갈 기회만 엿보면서 말이야.

"나야 독 안에 있으니 배부르고 춥지 않지만, 집에 있는 식구들은 어쩌고 있을까?"

그렇게 또 열흘쯤 지났을 때였어. 장 주사네 집이 유난스레 시끌벅적한 거야. 가만 들어 보니까 오늘이 장 주사 생일이래. 그래서 생일상 차린다고 다들 이리 뛰고 저리 뛰는 눈치거든.

마침 일하는 아이 하나가 생일상에 올릴 송편을 마련한다고 쌀독 있는 곳간에 들어왔어. 일꾼 쥐는 얼른 쌀을 헤치고는 그 속에 몸을 쏙 숨겼지. 그러는 동안 아이는 독 안으로 쌀바가지를 넣어 푹푹 쌀을 퍼 담기 시작했어.

"옳지, 하늘이 무너져도 솟아날 구멍이 있다더니 바로 이걸 말하는구나."

이때다 싶어 냉큼 쌀바가지에 올라탔어. 아이한테 들킬세라 쌀

속으로 파고드는데, 바가지가 위로 휙 올라가는 거야. 그랬더니 어찌나 눈이 부신지 몰라. 며칠을 어두컴컴한 데 있었으니 왜 안 그렇겠어?

"애고애고, 눈에 뵈는 게 없네, 에라 모르겠다!"

일꾼 쥐는 얼른 쌀바가지에서 뛰어내려 꼬리 빠지게 달아났지. 뒤에선 아이 비명 소리에 우당탕탕 살림살이 깨지는 소리까지 아주 야단났지만 알 게 뭐야. 이럴 땐 걸음아 날 살려라 하고 내빼는 게 답이지. 그렇게 독 안에 갇혔던 일꾼 쥐는 장 주사 집에서 겨우 벗어날 수 있었어.

가까스로 집에 돌아가서는 아내부터 찾았지. 그러던 중에도 품 안 가득 쌀을 챙겨 나왔거든. 아내와 아이들 먹이려고 말이야. 한 데 암만 찾아도 아내는 안 보이고 아이들만 울고 있어.

"아이고, 아버지! 살아 계셨어요?"

글쎄 아이들 말이 다들 일꾼 쥐가 죽은 줄로만 알았대. 먹을거 리 구해 온다며 떠난 쥐가 여러 날이 지나도록 돌아오지 않으니 그럴 수밖에. 얼어 죽든, 굶어 죽든, 사람 손에 잡혀 죽든, 죽었다 고 생각한 거지.

더 기가 막힌 건 이제부터였어. 이러다간 모두 죽겠다 싶었는 지, 어떻게든 살길 찾아본다고 아내가 건넛산 들쥐한테 시집을 가 버렸다는 거야.

아내가 떠나기 전에 아이들을 꼭 끌어안고 울면서 그랬대.

"얘들아, 조금만 기다려라. 내 곧 데리러 올 테니."

"싫어요, 어머니. 저희도 데려가요!"

그렇게 남겨진 아이들은 아버지 어머니를 부르며 목 놓아 울던 참이었지. 그런데 죽었다고 생각한 아버지가 살아 돌아오니 얼마나 반가워? 아이들은 좋다고 웃는데, 일꾼 쥐는 이야기를 전해 듣고 애간장이 다 녹았어. 서럽다가 분하다가 나중에는 그저 하늘이 원망스러웠지. 그래 눈물을 철철 흘리며 우는데 아이들도 아버지를 얼싸안고 따라 우네.

그제야 일꾼 쥐는 정신이 퍼뜩 들었어.

"내가 이럴 때가 아니지."

　일꾼 쥐는 품 안에 가져온 쌀을 얼른 꺼내서 굶주린 자식들 입에 넣어 주었어. 그러고 나서 서대쥐를 찾아온 거야. 앞으로 어떻게 살아가면 좋을지 둘레에서 가장 큰 어른인 서대쥐에게 물으려고 말이야.

　다시 생각해도 애가 타는지 일꾼 쥐는 눈물만 뚝뚝 흘렸어.

　"이런 일이 있었습니다."

　사정을 들은 서대쥐는 지그시 눈을 감았어.

　'이 얼마나 딱한 노릇인가……. 어찌 도우면 좋을꼬?'

서대쥐에게 벼슬을 내리노라

눈물을 흘리던 일꾼 쥐가 화들짝 놀랐어.

"내 정신 좀 보게! 어르신, 드릴 말씀이 하나 더 있습니다."

"그건 또 무언가?"

"오는 길에 사람들을 보았지 뭡니까. 도포 차림에 미투리를 신은 이 하나와 관복 입고 검은 신을 신은 이 하나, 이렇게 둘을 보았습니다. 그래 웬일인가 싶어 지켜보았지요."

서대쥐가 눈을 크게 뜨고 물었어.

"그들이 무얼 하던가?"

"산속 밤나무에 종이 한 장을 걸더니 큰 소리로 외치지 뭡니까."

"무어라고 그러던가?"

"임금님께서 서대쥐에게 벼슬을 내리고 이 산 동서남북으로 사십 리 땅을 상으로 주셨다. 그러니 앞으로 사람이고 짐승이고 간에 서대쥐 허락 없이 여기서 난 밤나무며 잣나무에 손대는 자는 혼쭐을 낼 것이다. 이 종이를 나무에 걸고 가니 서씨 집안 누군가 종이를 보거든 거두어 가거라."

일꾼 쥐가 숨을 고르고는, 쫑긋 세운 제 귀를 가리켰어.

"이리 외치는 걸 두 귀로 똑똑히 들었지요."

그러자 다른 쥐들이 소리를 지르고 손뼉을 치고 아주 난리야.

"임금님이 우리 할아버님께 벼슬을 내리시다니! 가문의 영광이로세!"

"얼씨구나절씨구나, 이보다 좋은 일이 또 어디 있겠나!"

이렇게 시끌벅적한데 서대쥐는 웬일인지 입 꾹 닫고 한마디

도 안 해. 임금님께 벼슬에 땅까지 받았으니 속으로야 얼마나 좋겠어? 그런데 조금도 티 내지 않고 오히려 떠드는 식구들을 꾸짖었지.

"시끄럽다. 너희는 어찌 그리 철이 없느냐?"

그러고 나서 일꾼 쥐를 불러 말했어.

"자네도 참 답답하네. 사정이 어려우면 어렵다 말하고 도움을 받았어야지. 독 안에 갇혀 그런 큰일을 당했는가. 먹고살기 어려우면 못할 짓이 없다지만, '차지 않은 쌀독엔 들어가지 말고, 열린 쌀독도 두드려 보고 들어가라'는 말도 모르는가?"

일꾼 쥐는 서대쥐 말에 눈물을 글썽였어. 마치 제 식구처럼 걱정해 주니 얼마나 고마워.

"당장 쌀 몇 가마니 내어 줄까도 싶으나, 앞으로 어찌 살지가 더 걱정이네. 얼른 아이들부터 데리고 오게. 우리 집에서 지내며 자네 앞날을 차차 생각해 보세."

일꾼 쥐는 눈물을 쏟으며 넙죽 엎드려 절을 했어.

"고맙습니다, 어르신. 이 은혜는 결코 잊지 않겠습니다."

그렇게 일꾼 쥐가 돌아간 뒤에야 서대쥐는 큰아들을 불렀어. 사람들이 놓고 갔다는 종이를 가져오라고 말이야. 그 말을 들은 큰아들이 서둘러 굴을 나섰지.

큰아들이 돌아오기를 기다리는데, 뒤늦게 소식을 들은 손주들이 쪼르르 쫓아와 물어.

"할아버지, 어떻게 된 일인지 이야기 좀 해 주세요."

임금님께 벼슬받는 게 어디 보통 일이야? 그러니 무슨 공을 어찌 세웠는지 궁금할 수밖에. 서대쥐는 손주들 앞에 자리 잡고 앉은 다음 지난날을 떠올리려 두 눈을 감았지. 그러고는 옛날이야기 들려주는 할아버지처럼 이야기를 시작했어.

"그때도 흉년이 들어 먹을 게 귀하던 때였단다. 우리도 먹을 게 모자라 힘든 나날을 보내고 있었지. 그러니 어쩌겠느냐? 궁리 끝에 위험을 무릅쓰고 마을 곳간을 뒤지기로 했지. 그런데 암만 찾아봐도 쌀 한 톨도 없더구나."

"에구머니, 그래서요?"

"마침 다른 마을에 갔던 쥐가 돌아와 그러더구나. 아무 성에 전쟁이 났다고 말이야."

서대쥐가 숨을 고르느라 잠깐 말을 끊으니까 옆에 있던 할머니가 말을 이었어. 서대쥐 아내 고산 서씨였지.

"그때 네 할아버지가 얼마나 지혜로우셨는지 모른다. 곧바로 자식들을 모아 놓고 이렇게 말씀하셨지. '전쟁이 난 곳에 틀림없이 먹을 것이 있을 게다. 병사들도 먹어야 힘을 내 싸울 것 아니냐? 그러니 성 곳간으로 가자'고 말이야."

"그래서요?"

"이 할미가 여기 굴에서 기다리고 있는데, 정말로 성 곳간에서 곡식을 잔뜩 가져오셨단다."

그 말에 손주 하나가 불쑥 묻네.

"이상해요. 사람들 곡식을 훔쳐 왔는데 어째서 임금님은 벌을 안 주고 상을 주는 거예요?"

이번엔 서대쥐가 웃으며 대답했어.

"우리가 임금님과 싸우던 적군 성에서 곡식을 가져왔거든. 병사들이 밥을 굶으니 무슨 힘으로 싸우겠어? 그러니 임금님이 이끄는 군대가 쉽게 이길 수밖에. 그래서 내게 벼슬을 내리신 거란다. 전쟁에서 이기도록 도왔다고 말이야."

서대쥐 말에 손주들이 좋아서 어쩔 줄 몰라. 그때 마침 큰아들이 종이를 들고 돌아왔어. 서대쥐는 좋은 옷으로 단정히 잘 갖춰 입고 소리 내어 글을 읽었지.

서대쥐는 무리를 이끌고 성 곳간을 털어
적이 먹을 곡식을 죄다 없애는 큰 공을 세웠다.
이에 서대쥐가 사는 산 네 방향으로
사십 리 안에 있는 밤나무와 잣나무
사만 육천 그루를 상으로 내리니
자손 대대로 이어받아라.
　　　또 서대쥐에게는 특별히
　　　　'가선대부 행동지 통정대부 겸
　　　　　첨사'라는 벼슬을 내리노라.

자손들이 모두 모여 숨죽이고 그 모습을 지켜보는데, 뒤에서 손주 서넛이 소곤거리지 뭐야.

"벼슬 이름이 가선대부 행동지 통정대부 겸 첨사래."

"뭔지는 몰라도, 이름이 긴 걸 보니 엄청 중요한 벼슬인가 봐."

"그럼 이제 할아버지를 가선대부 행동지 통정대부 겸 첨사님이라고 불러야 하나? 아유, 숨차!"

손주들은 숨넘어가는 시늉을 하며 저희끼리 키득거렸어. 그러자 큰아들이 뒤를 보며 헛기침을 했어. 떠들지 말라는 뜻이지. 그런데 그 벼슬이 어떤 벼슬인지 아는 쥐는 아무도 없었어.

기쁨을 어찌 나눌꼬

큰아들이 형제들을 다 불러 모았어.

"아버님께서 벼슬에 재물까지 받으셨는데 뭐라도 해야 하지 않 겠니?"

둘째 아들이 신이 나서 어깨를 들썩였어.

"형님, 가까이 사는 쥐들을 불러다 크게 잔치를 열까요?"

셋째 아들도 맞장구를 쳤지.

"형님들, 내친김에 어디에 살든 따지지 말고 서씨 집안 쥐라면 누구든 부르지요."

이렇게 시끌벅적하게 굴자 서대쥐가 나섰어.

"지는 해처럼 저물어 가는 나이에 벼슬을 받으니 마치 말라 죽

은 나무에 다시 꽃이 핀 듯 하구나."

"그럼, 잔치 준비를 할까요?"

세 아들이 입을 모아 물었지.

"너희들 말대로 잔치를 열어도 좋겠지. 하지만 지금 같은 흉년
에 어찌 잠깐 즐기자고 귀한 재물을 써 버릴까. 잔치에 쓸 재물
은 자손들한테 물려줄 터이니, 그리 알고 잔치 이야기는 다시
꺼내지 마라."

세 아들뿐 아니라 손자, 손녀들까지 매달려서 잔치를 열자고
졸라대도 서대쥐는 꿈쩍도 안 해. 글쎄, 잔치의 지읒 자도 꺼내지
말라고 못을 박네.

이번엔 잠자코 지켜보던 서대쥐 아내가 나섰어.

"자손 위하는 당신 마음을 제가 왜 모르겠어요? 밤 한 톨이라도 더 주고 싶겠지요."

"역시 내 마음 알아주는 건 당신뿐이오."

"그럼요. 하지만 물려주는 게 다는 아니지요. 당신도 '천 이랑 논밭을 자손한테 물려주는 것은 한 가지 재주를 가르치는 것만 못 하고, 금은보화를 물려주는 것은 책 한 권 물려주는 것만 못 하다'는 말을 알지요?"

"암 알지. '재물을 물려주는 것은 게으름을 물려주는 것'이라는 말도 있지 않소."

이리 말하고 나니 재물 물려준다고 고집부리기가 애매하거든. 그래 머리만 긁적였지.

"어허, 이것 참."

서대쥐 아내가 가만 보니까 남편 마음이 흔들리는 눈치야. 그래 힘주어 다시 말했어.

"임금님께서 주신 밤나무, 잣나무가 사만 육천 그루나 되니, 대대손손 먹고살아도 모자라지 않아요. 그러니 더는 재물을 아낀다는 소리 말고 잔치하는 걸 기쁘게 허락하세요. 모두가 배고픈 흉년에 다 같이 모여 배부르게 먹으면 그것도 좋은 일 아니겠어요?"

듣고 보니 아내 말이 모두 맞네. 그래 서대쥐가 무릎을 탁 쳤어.

"그럽시다. 과연 부인이 나보다 낫구려! 앞으로도 내 생각이 그
릇됐다 싶을 때는 언제고 내게 바른말을 해 주시오."

그러면서 집안이 오늘날처럼 잘살 수 있게 된 것은 모두 아내
덕이라고 칭찬했어.

마침내 서대쥐가 큰아들을 불러 잔치를 열라고 했어. 그래 큰
아들은 곧장 잔치 준비를 했지. 먼저 좋은 날을 골라 잔칫날부터
정했어. 그다음엔 집안 모든 쥐를 불러 하나하나 일을 나누어 맡
겼어. 글 잘 쓰는 서당 쥐한테는 손님 초대 글을 쓰게 했지.

쥐구멍에도 볕 들 날이 있다더니
우리 서씨 집안 어른이 나라에 큰 공을 세워

임금님께 벼슬을 받으셨네.
이 얼마나 기쁘고 축하할 일인가.
이에 잔치를 열고자 하니
부디 모든 서씨 무리가 하나 되어
삼월 열닷샛 날에 서대쥐 굴에서 만나 함께하세.

삼월 초나흘에 서당 쥐 씀

이 초대 글을 쥐 스무 마리가 수십 장씩 베껴 적고는 곳곳에 사는 쥐들한테 소식을 전하러 떠났어. 남은 식구들은 집 안을 단장하고, 음식을 마련하고, 손님 맞을 예법까지 배워 가며 바쁜 나날을 보냈지.

이러구러 시간이 흘러 잔칫날이 다가오자, 세상 여기저기에 흩어져 살던 쥐들이 꼬리에 꼬리를 물고 줄을 지어 모여드네.

늙은 쥐는 늙은 쥐대로 흰 머리털 휘휘 날리며 지팡이 탁탁 짚고 오고, 어린 쥐는 어린 쥐대로 밤송이 같은 머리털 비죽 세우고 짚신 찍찍 끌며 찾아왔지. 그러느라 온 산골짜기가 서씨 집안 무리로 북적북적 가득했어.

잔치 잔치 열렸네

드디어 잔칫날이 밝았어. 손님들이 줄줄이 굴에 들어서는데, 굴 안에 들어서자마자 다들 호들갑이야.

"아이고야, 정신을 못 차리겠네! 여기가 굴 안이냐, 밖이냐?"

문을 지나 안으로 들어왔으니 분명 바깥은 아닌데, 무슨 조화인지 눈앞에 강물이 흐르고 들처럼 넓은 뜰이 시원스레 펼쳐진거라. 게다가 넓기는 또 얼마나 넓은지, 기와집 수십 칸이 서고도 남을 정도거든. 그러니 놀라지 안 놀라?

수염이 허옇게 센 할아버지 손님이 기와집 기둥 하나를 아래위로 쓸어내리며

"아니 이게 그 말로만 듣던, 달에서 자란 계수나무로 만든 기둥

인가?"

하니까, 손님 맞으러 나온 큰아들이 대답을 하지.

"예에, 그리고 문틀은 신선이 기른 오동나무로 짰답니다."

그러자 손님들이 또 놀라며 입을 딱 벌리지. 이리 귀한 걸 어디서도 본 적이 없거든.

"가만, 이게 무슨 꽃 내음이냐?"

손님들이 코를 킁킁대며 냄새가 나는 곳을 찾아가 보니, 창문 아래에 난초며 노란 국화며 석죽, 원추리까지 온갖 꽃이 아주 곱게도 피었지 뭐야. 굴 안에서 어찌 이리 활짝 피었는지, 다들 좋아서 이리 킁킁 저리 킁킁 꽃 내음을 맡네.

또 벽마다 이름난 임금, 벼슬아치, 시인 들을 그려 놓았거든.

"이 그림은 그 뭐이냐……, 그래, 맞다! 그 이름만 대도 알 만한 그림 아닌가!"

"맞네, 맞아."

손님들이 서로 알은체하며 주고받는 말에 큰아들이 척척 대답을 했어.

"예, 잘 알아보시네요. 유비가 제갈량 초가집에 세 번을 찾아간 일을 그린 것이지요."

한데 다들 슬금슬금 눈치만 봐. 생각했던 이름이 아닌가 봐. 그래도 짐짓 알은체하느라 얼렁뚱땅 한마디씩 더 주고받았어.

"암, 알다마다. 누가 모르나? 저기 저 초가집이 어쩐지 낯이 익

더라니."

"혹시 저 그림 속 집에 가 보셨습니까?"

"그럼 그럼, 저 집이 아무 산속에 있지 않나? 내 어릴 적 여기저기 떠돌 때 들렀던 데가 틀림없네."

"그나저나 유비는 저 집에 무슨 볼일이 있어 세 번이나 찾아갔답니까?"

"척하면 착이지, 그것도 모르나? 보나마나 뭐 빌리러 간 거네!"

큰아들은 손님들 이야기가 죄다 엉터리라는 걸 알았지만 그냥 모른 척 넘겼어. 오늘 같은 잔칫날에 유비와 제갈량이 뭐가 중요하겠어? 잔치 주인공은 따로 있는데.

이번엔 손님들이 다른 벽에 걸린 좋은 글귀를 봤어. 수염이 허연 할아버지 손님이 목청을 큼큼 가다듬더니 한 자 한 자 읽어 내렸지.

"푸른 하늘 종이 삼아, 이 내 마음 시로 쓰쥐."

그러고는 너털웃음을 지어.

"카, 좋을시고! 여기가 집 안인지 책 속인지 모르겠네."

그 말을 들은 큰아들이 빙긋이 웃었어.

"아직 둘러볼 게 많습니다."

그러면서 하늘 높이 솟은 다락집 하나를 가리키는데, 그 단청이 얼마나 곱고 화려한지 몰라. 처마에는 구슬 꿰어 만든 발이 반짝반짝 영롱하게 빛나고 있어.

"저 구슬발은 아침 햇빛과 저녁 달빛을 받으면 아롱다롱 빛나
는데 그 빛깔이 얼마나 고운지…… 이루 말로 다 할 수 없지요."

곳곳에 그려 놓은 용과 봉황새도 마치 살아서 날아오를 듯하
지, 봄바람은 살랑살랑 불어 풍경 소리가 땡그르르 귀를 울리지,
꽃잎은 향긋한 바람 따라 꽃비 되어 내리지, 그러니 넋이 안 빠지
고 배겨?

수염이 허연 할아버지 손님은 몇 가닥 안 남은 제 수염을 하나
뽁 쥐어뜯고는,

"내가 죽어서 하늘 나라에 온 듯하네. 술 한 잔 안 마시고도 취
하는구나, 흠뻑 취해!"

했지.

"잔치에 오셨으니 이제 잔칫상을 받으셔야지요. 과일이고 생선
이고 술이고 죄다 귀하디귀한 것들이랍니다. 없는 것 빼고 다
있지요."

그렇게 큰아들이 잔치에 온 손님들을 넓은 집으로 데려갔어.
서대쥐가 어마어마하게 큰 상을 차리고 손님들을 맞았지.

그런데 한눈에 봐도 잔칫상이 보통이 아니네. 무엇보다 고소
한 튀김 냄새가 손님들을 사로잡았어. 다들 누가 먼저랄 것도 없
이 냄새 따라 상 앞에 자리를 잡는데, 큼직한 통닭튀김, 돼지고기
튀김, 명태튀김, 새우튀김, 다시마튀김, 고추튀김, 가지튀김, 감자
튀김, 갖가지 튀김이 노릇노릇하고 바삭바삭해 보이는 게 군침이

절로 돌아.

　침 꿀꺽 삼키고 고개 돌려 보니 이번엔 생선 요리네. 손님들이 좋아서 어쩔 줄 몰라. 요것조것 손으로 가리키며 저희끼리 잔뜩 신이 났어.

　"여기부터 민어, 농어, 붕어, 청어, 방어, 상어, 고등어, 가자미……. 아이고, 숨차다. 아주 온갖 물고기를 찌고 볶고 조리고 삶고 회까지 떠 놨구나! 대체 어느 것부터 먹어야 잘 먹었다고 소문이 날꼬?"

"이보게, 놀라긴 아직 이른 것 같네. 저기도 좀 보게."

손님 하나가 술병을 가리키며 말했어.

"잔치에 술이 빠지면 섭섭하다지만, 살다 살다 이렇게 많은 술은 처음 보네!"

손님들이 돌아가며 상에 놓인 술병 이름을 읊는데

"마시면 오래 산다는 안죽어주."

"암만 마셔도 안 취한다는 말짱해주."

"꽃 내음이 난다는 향긋해주."

"마실수록 젊어지는 어리주."

"피부가 좋아지는 탱탱주."

하고 감탄을 하지. 어찌나 많이 차렸는지 아주 상다리가 휘어지다 못해 부러질 지경이야.

"허허허, 먼 길 오시느라 고생들 하셨습니다. 차린 건 없지만 많이 드세요."

서대쥐가 웃으며 권하니, 옆에 섰던 큰아들도 권해.

"이제 좀 제발 드시지요. 이러다 음식 맛도 못 보고 날이 새겠습니다."

그제야 쥐들은 너나없이 먹고 마시며 잔치를 즐겼지. 그러면서도 틈틈이 서대쥐 벼슬받은 일 얘기하랴, 서로 안부 전하랴, 음식 맛보고 놀라랴, 아주 입이 쉴 새가 없네그려.

그렇게 한참을 배불리 먹고 나자 누가 그러네.

"쥐구멍에도 볕 들 날 있다더니, 우리 집안에도 이렇게 빛이 듭니다."

"아이쿠 눈부셔! 살다 살다 이리 눈부신 날은 처음일세, 하하하!"

그렇게 한바탕 웃음보따리가 터졌어. 때맞춰 풍악 패가 연주를 시작하자 목청 좋은 쥐 여럿이서 입을 모아 노래를 불렀지.

하늘이 열릴 때 서씨 가문도 생겨났쥐.

곡식 창고 흩뜨려 놓아 전쟁에서 이겼다쥐.

서대쥐 공이 드러나 서씨 가문에 빛이 나쥐.

그러나 전쟁이 다 무슨 소용인쥐.

아등바등 욕심내 봤자 아무 쓸데없쥐.

죽어서는 다시 살 수 없으니 살아서 술 한잔 하쥐.

사람이나 짐승이나 죽고 사는 건 다 같지 아니한쥐.

이렇게 흥겨운 잔치건만, 노래가 끝나자 서대쥐는 괜스레 눈물도 차오르고 서글픈 마음마저 드네. 노랫말을 들으니 지난 옛일이 주욱 떠오른 거지.

"이리 기쁜 날 어째서 슬픈 생각이 드는 건지……. 모두가 한자리에 모이고 보니, 이 자리에 없는 이들이 더욱 그립습니다."

하고는 먼저 떠난 쥐들을 그리워했어. 그러자 손님들도 슬퍼하며 한마디씩 보태.

"내 둘째 아들 손자 녀석은 쌀독 찾으러 갔다가 그만 술독에 빠져 죽었소. 그 아이도 이 자리에 있으면 좋았을 것을."

"우리 셋째 손자의 손녀는 어떻고? 몹쓸 고양이한테 물려 가지만 않았어도……."

"아이고, 우리 집 넷째 아들 녀석은 덫에 걸려 죽었다오."

"이보시게들, 나는 우리 애가 죽었는지 살았는지도 모르오. 다섯째 외손자가 집 나간 지 벌써 두어 해인데 여태 소식을 알지 못하니……."

다들 잃어버린 식구들이며 벗들이 떠올라 울지 않는 이가 없네. 이러다 눈물 잔치가 될 판이야. 그래 서대쥐가 얼른 눈물을 훔치고 말했어.

"기쁜 가운데 슬픔이 나고, 슬픈 가운데 기쁨이 난다고 하지요. 아마 그래서 더 눈물이 나는가 봅니다."

그렇게 모두 우는 가운데 쓸쓸히 웃고, 웃는 가운데 슬피 울며 잔치판이 무르익었지.

딱 한 번만 도와주시면

　한편 서대쥐 굴에서 그리 멀지 않은 골짜기에 다람쥐가 살았어. 다람쥐는 마음보가 고약한 데다 제 몸을 어찌나 아끼는지, 허구한 날 집에서 빈둥빈둥 뭉그적거리는 게 일이야. 손가락, 발가락 닳을까 무서워 집에서 꼼짝을 안 한다니 말 다했지 뭐. 그러니 곳간은 텅텅 빈 데다 뽀얀 먼지에 거미줄투성이였어. 그나마 아내 혼자서 이 산 저 산 뒤지며 모아 둔 밤과 잣이 있어 지금껏 굶어 죽지 않고 겨우겨우 버텼지.

　이렇게 하루하루 보내던 다람쥐가 서대쥐네 잔치 소문을 들었어. 다람쥐 눈이 번쩍 뜨였지. 공짜 밥을 배불리 먹을 좋은 기회거든. 하지만 불러 주질 않았으니 어찌 가? 다람쥐는 서씨 집안 쥐가 아니니 말이야.

그런데 다람쥐는 어찌하려는지 초대장도 없으면서 득달같이 채비를 하네. 다 해진 옷 걸쳐 입고 낡아 빠진 짚신도 신었지. 쥐 죽은 듯 방에만 엎어져 있던 다람쥐가 훌훌 길을 나서니까 아내 가 눈이 동그래져서 쳐다봐.

"아니, 무슨 일이에요? 사흘을 굶어 기운도 없을 텐데, 어딜 가 려고요? 괜스레 나갔다가 족제비한테 물려 가면 어떡해요?"

아내가 한걱정을 하는데도 다람쥐는 뭐가 좋은지 배실배실 웃 기만 해.

"내 본디 서대쥐와 아는 사이지 않소. 듣자 하니, 글쎄 벼슬받았 다고 떡 벌어지게 잔치를 연다지 뭐요. 공짜 밥을 준다는데 안 갈 까닭이 있소?"

"뭐라고요?"

아내가 펄쩍 뛰었지.

"안 돼요. 비록 서대쥐 어르신을 안다고는 하나, 부르지도 않았 는데 무슨 염치로 잔치에 간다고 그래요?"

"염치는 무슨 염치, 나만 잔치에 가서 그러오? 걱정 마시오. 아 무렴 내 배만 채울까. 올 때 먹을거리 좀 싸 올 테니 기다리구 려. 그럼 며칠은 끼니 걱정 안 해도 될 거요."

아내는 낯빛을 바꾸며 타일렀어.

"아이고 참, 기가 막혀서. 먹을거리를 직접 구하지는 못할망정,

당신은 맨날 입으로는 선비 타령하면서 빌어먹는 게 부끄럽지
도 않아요?"

그 말을 들은 다람쥐가 혀를 끌끌 차.

"허 참, 이렇게 답답하기는. 당신은 하나는 알고 둘은 모르는구
려. 아, 임금님도 굶주리면 얻어먹는 판에 내가 뭐라고 체면치
레란 말이오?"

아내는 한사코 말렸지만, 다람쥐는 들은 체 만 체하고 서대쥐
굴로 내뺐어. 얼마나 신났으면 콧노래까지 흥얼대며 갔지.

"길 떠나세, 길 떠나세. 공짜 밥 먹으러 길 떠나세!"

다람쥐가 서대쥐 굴 가까이 가자 떠들썩한 풍악 소리가 귓가에

들리네. 그래 저도 모르게 어깨가 들썩들썩했어. 다람쥐는 잔치 음식 먹을 생각에 신이 나서 굴 안으로 쏙 들어갔지.

　가 보니 아닌 게 아니라 온갖 귀한 먹을거리에 빛깔 고운 술과 안주까지 없는 게 없잖아. 다람쥐 입이 귀에 걸렸어.

　'이게 웬 공짜 밥이냐! 어화둥둥 좋을시고! 어디 보자, 어디에

앉으면 좋을까나?'

다람쥐가 여럿이 둘러앉은 잔칫상 앞으로 슬그머니 갔어. 한데 누구 하나 어서 오라거나, 여기 앉으라거나, 술 한잔 하라거나 말을 건네는 이가 없네. 그저 멀뚱멀뚱 서로 얼굴만 바라볼 뿐이야. 그 많은 쥐들 가운데 다람쥐를 반기는 이가 하나도 없는 거야.

그러거나 말거나 다람쥐는 냉큼 서대쥐 앞으로 갔지. 잔칫집 주인이 설마 모른 체야 하겠어?

"어르신, 저 기억하시지요? 그동안 인사를 한번 드려야지, 드려야지 하다가 오늘에서야 왔지 뭡니까. 그런데 마침 이렇게 잔치를 여시니, 제가 먹을 복은 있나 봅니다."

그러면서 소매를 걷어붙이더니 당장 일을 돕겠대. 그뿐인가? 서대쥐가 뭐라 대꾸할 틈도 안 주고 어찌나 뻰지르르하게 지껄이나 몰라.

"듣자 하니 어르신이 큰 벼슬을 받으셨다는데, 제가 안 왔으면 어쩔 뻔했습니까? 제가 누구보다 기쁜 일에 기뻐하고 슬픈 일에 슬퍼하지 않습니까? 하하하."

"이게 누군가? 어서 와 이리 앉게."

그래 서대쥐가 반기며 다람쥐한테 따로 한 상 잘 차려 줬어. 그러고 다람쥐가 허겁지겁 먹는 걸 보는데, 번지르르한 말솜씨와 달리 몸은 볼품없이 비쩍 마른 데다 푸석푸석한 털은 듬성듬성 빠져 있고, 너덜너덜하게 해진 옷을 걸친 것이 얼마나 안쓰러운지 몰라.

"이보게 다람쥐, 옛말에 등잔 밑이 어둡다더니, 우리가 가깝게
살면서도 얼굴 한번 못 봤구먼. 오늘 아주 잘 왔네."

그러고는 큰아들한테 다람쥐를 정성껏 대접하라고 일렀어.

이윽고 밤이 됐어. 손님들이 하나둘 돌아갈 채비를 했지. 술에
취한 새앙쥐도 있고 아주 말짱한 곰쥐도 있는데 다들 기분이 좋
아 얼굴엔 웃음이 한가득이야. 쥐들은 서로서로 어깨동무하고 휘
뚝휘뚝 걸어서 굴을 나섰어.

그렇게 모두 빠져나가는데, 어찌 된 영문인지 다람쥐는 갈 생각을 않고 서대쥐 앞으로 가 털썩 무릎을 꿇네.

"아니, 자네 아직도 안 갔나?"

"제가 드릴 말씀이 있습니다. 부디 제 부탁을 들어주십시오."

"이게 다 무슨 소리인가? 부탁이라니? 뭐든 꺼리지 말고 편히 말해 보게."

다람쥐가 슬쩍 서대쥐 눈치를 살피더니 우는 시늉을 해.

"제가 먹고살겠다고 높고 험한 산에 올라 솔방울과 개암을 줍습니다. 또 목숨 걸고 사람 사는 마을로 내려가 메밀, 보리 같은 곡식을 구해다가 겨우 입에 풀칠을 하고 있습니다."

참 나, 어디 다람쥐가 먹을 걸 한 번이라도 찾으러 다닌 적이 있었나? 아내가 구해 온 걸 얻어먹기만 했지. 그런데 다람쥐는 얼굴색 하나 안 바꾸고 거짓말을 술술 했어.

"한데 흉년을 당하고 보니 눈 씻고 찾아봐도 먹을 게 없지 뭡니까? 곳간은 텅 빈 지 오래고, 가엾은 아내는 배곯은 채 추위에 떨고 있으니 차마 눈 뜨고 볼 수가 없습니다."

"그럴 테지, 흉년이니 오죽 힘들겠나?"

가만 보니 서대쥐가 깜빡 속는 눈치거든. 다람쥐는 속으로 '마침 흉년이라 다행이지, 아니었으면 핑곗거리가 없을 뻔했군.' 하면서 더 큰 소리로 흐느꼈어.

"그래서 말인데요, 어르신. 저도 달리 뾰족한 수가 없어 부탁드

립니다. 부디 밤 몇 말만 꾸어 주세요. 이번 한 번만 도와주시면 이 은혜는 죽어서도 잊지 않고 반드시 갚겠습니다."

다람쥐가 두 손 모아 잡고 이리 말하는데, 어찌 마다할 수 있겠어? 오죽 딱해 보여야 말이지.

"듣고 보니 자네 처지가 참으로 안됐네. 그래도 기운 내게. 고생 끝에 낙이 온다고 하지 않나? 한때 어렵지 않은 이 없으니, 자네는 가난하다 부끄러워 말고 좋은 날이 올 거라 믿고 살게."

그러고는 큰아들을 불렀지.

"밤 한 섬과 잣 닷 말을 마련해서 다람쥐한테 주어라. 그리고 잔치 음식도 갖추갖추 싸 주어라."

서대쥐가 이리 말하니 다람쥐는 입이 찢어져라 웃었지. 혹여 들킬세라 고개는 푹 숙이고서 말이야. 하지만 서대쥐가 이런 다

람쥐 속마음을 어찌 알겠어? 오히려 짐꾼더러 다람쥐 집까지 먹을거리를 가져다주라고 시켰어. 다람쥐 혼자서는 못 가져갈 만큼 많이 싸 줬거든.

거기다 서대쥐는 다람쥐가 혹시라도 미안해할까 봐 다독여 주기까지 했어.

"얼마 안 되네. 그러니 갚을 생각일랑 말고 잘 드시게."

"어르신께서 제 목숨을 구하셨습니다. 이 은혜는 절대로 잊지 않겠습니다."

다람쥐는 짐짓 눈물 닦는 체하고는 보따리를 이고 지고 집으로 돌아갔지.

한편 다람쥐 아내는 밤이 깊도록 남편이 돌아오질 않으니 걱정이 이만저만이 아니었어. 그래 추운데도 밖에 서서 이제나저제나 남편 오기만 기다렸지.

"잔치가 벌써 끝나고도 남을 시간인데 어디서 뭘 하기에 아직 안 오시나? 혹시 뭔 일이 난 거 아니야?"

어느새 달도 지고 새벽닭이 우네. 아무래도 안 되겠어서, 아내가 막 집을 나섰을 때야. 저 멀리서 누가 노래를 부르며 오지.

"집으로 가세, 집으로 가세. 한가득 먹을거리 짊어지고 집으로 가세. 얼씨구, 좋다!"

아내가 가만 들어보니 남편 소리거든. 얼른 쫓아가 봤지. 그랬더니 다람쥐가 짐꾼과 함께 먹을거리를 한가득 들고 오잖아.

"어머나, 저 양반이 잔치 음식 가져온다더니 정말로 얻어 오나
보네."

남한테 구걸하지 말라고 다람쥐를 타박하긴 했지만, 막상 눈앞
에 그득한 먹을거리를 보니 얼마나 반가워? 저절로 입안에 군침
이 돌지. 아내도 벌써 며칠을 굶었잖아. 그래 모른 척하고 짐부터
받아 들었어. 그렇게 다람쥐네 곳간이 오랜만에 가득 찼네.

"서대쥐 어르신 덕분에 잘 먹었네요."

오랜만에 배를 채운 다람쥐 아내가 서대쥐한테 고마워하자, 다
람쥐가 눈을 부릅뜨고 대들어.

"엥? 그게 왜 서대쥐 덕이오? 먹을거리를 가지고 온 게 누군데?"

"그야 당신이지만, 서대쥐 어르신이 주신 거잖아요."

"나 아니었으면 먹을거리 구경이나 했겠소? 배불리 먹게 해 줬더니 엉뚱한 소리를 하고 있네. 잊지 마시오, 모두 다 내 덕이란 걸."

서대쥐 앞에서는 은혜를 잊지 않겠다더니, 집에 오기 무섭게 말을 싹 바꾸지 뭐야. 똥 누러 뒷간 갈 때 마음이랑 나올 때 마음이 다르다더니 딱 그 짝이었어.

"내 덕에 당신도 이리 귀한 먹을거리를 맛보았으니, 그저 나한테 고마운 줄 알고, 앞으로도 내 말대로만 하시오. 그럼 자다가도 떡이 생길 테니! 엣헴."

다람쥐 아내는 기가 막혔어. 낯짝도 정도껏 두꺼워야지.

'선뜻 먹을거리를 베푼 서대쥐 어르신한테 고마워하지는 못할망정, 쯧쯧.'

게다가 그동안 손이 부르트게 먹을거리 구해 온 게 누구야? 바로 아내잖아. 그런데 어쩌다 한 번, 그것도 남한테 빌어 와 놓고 큰소리를 쳐? 다람쥐 아내는 한 소리를 하려다가 고개를 젓고 말았지.

어쨌거나 서대쥐에게 얻어 온 먹을거리로 다람쥐 부부는 한동안 배곯지 않고 지낼 수 있었어.

낯짝도 두꺼워라

이러구러 세월이 흘러 봄, 여름, 가을이 가고 다시 추운 겨울이 왔어. 한 해도 저물어 새해가 며칠 안 남았지. 다람쥐는 한 해 동안 곳간을 가득 채웠을까?

그럴 리가, 어림도 없지! 다람쥐네 곳간은 겨울 들머리에 이미 동이 나고 말았어. 여전히 제 몸 놀리기 싫어하는 다람쥐가 먹을 거리, 땔거리를 구하러 다녔어야지. 아내 혼자서 가으내 종종걸음 치며 이 산 저 산 뒤졌지만, 겨울나기에는 한참 모자랐어.

아내가 텅 빈 곳간을 들여다보며 한숨을 푹푹 내쉬는데, 그러거나 말거나 다람쥐는 방구석에 드러누워서 주린 배 살살 달래 가며, 시린 두 손 호호 불어 가며 옴짝달싹 안 했지.

그러다 하루는 다람쥐가 무슨 좋은 수라도 났는지, 별안간 자리에서 벌떡 일어나 아내를 부르네.

"당신도 알겠지만, 내 본디 글공부만 하는 선비 아니오? 비록 여기저기 손 벌려도 가난 속에서 욕심 없이 살아왔잖소."

"또 선비 타령이에요? 여기저기 손 벌릴 생각만 말고, 내 손으로 먹고살 욕심 좀 내시구려!"

"어허, 잠자코 들어 보시오! 아무튼 이제 곧 새해가 밝는데 하다못해 조상님께 술 한 잔은 올려야 하지 않겠소? 곳간이 텅 비었는데, 당신은 어쩌면 좋겠소?"

다람쥐가 능청스레 웃는 걸 보니 무슨 꿍꿍이가 있는 듯하지. 다람쥐 아내는 대번에 남편 속마음을 알아챘어. 같이 산 세월이 얼마인데 그것도 모르겠어.

"당신이 서대쥐 어르신을 생각하나 본데, 정말 낯짝도 두껍네요. 내가 먹을거리 구하러 가자고 그렇게 말해도 귓등으로도 안 듣더니, 이제 와 또 서대쥐 어르신한테 간다고요?"

다람쥐는 속마음을 들켜 뜨끔했지. 하지만 아무렇지 않은 척하며 아내를 살살 달랬어.

"까딱하다가는 굶어 죽을 판인데 이것저것 따져 봐야 무슨 소용이오? 아무튼, 이번에도 당신은 집에서 기다리고 있구려. 내 그 집에 가서 어찌해 볼 테니."

그렇게 다람쥐는 또 말리는 아내를 뿌리치고 서대쥐를 찾아갔어.

"아니, 이게 누군가? 어서 오게."

서대쥐는 다시 찾아온 다람쥐를 반갑게 맞았지.

"지난 잔치 때는 내가 정신없이 바빠서 이야기도 제대로 못 나누었구먼. 오늘 이렇게 다시 만나니 무척 반갑네그려. 그동안 별일 없이 잘 지냈나?"

다람쥐가 엉큼한 속내를 숨기고 능청스레 웃었어.

"어르신께서 베푸신 은혜로 지금껏 잘 지냈지요. 이 세상에 태어난 것은 부모님 덕이지만, 다 죽게 된 목숨을 살린 것은 어르신 덕 아닙니까?"

다람쥐는 입에 침을 발라 가며 굽실댔어. 그러다가 괜스레 헛기침을 하네.

"큼큼, 그런데 먹고사는 일이 뜻대로 되는 것이 아니더군요. 흉년이 길어져 거둘 먹을거리도 얼마 없었고, 그나마 아픈 몸 때문에 잘 나가지도 못했지 뭡니까. 그래 나는 굶어도 내 식구는 먹여야겠다 싶어서 얼어붙은 열매라도 주우려고 산에 오르려는데……."

"옳지, 뭐라도 해야지. 집 안에 가만히 있으면 바뀌는 게 없지."

"그런데 아, 산이 온통 눈으로 뒤덮였지 뭡니까. 도무지 어디에 뭐가 있는지 알 수가 있어야지요. 더구나 날씨는 어찌나 추운지 얼어 죽을 지경이었습니다."

이쯤 되면 서대쥐가 안쓰러운 눈길로 바라볼 줄 알았는데 어

라, 그게 아닐세. 도리어 얼음장처럼 차갑기만 해.

"그럼 자네는 아무것도 안 했다는 말 아닌가? 대체 여긴 왜 온 건가?"

어쩐 분위기가 심상치 않았지만, 이제 와 어쩌겠어? 다람쥐는 남은 한마디를 마저 뱉었지.

"아 글쎄, 올해 끝자락에 오고 보니, 앞집은 술렁술렁 술을 빚고 뒷집은 쿵떡쿵떡 떡을 치며 시끌벅적 새해 맞을 준비를 하지 뭡니까? 우리 집 형편 뻔히 알면서 약을 올리는 건지, 허 참!"

여전히 서대쥐 얼굴에 다람쥐를 가여워하는 빛이 없어. 그래 잘못 들었나 싶어 다람쥐가 한번 더 크게 말했지.

"어르신, 지난번 살려 주신 은혜는 자나 깨나 잊지 않을 테니 한 번만 더 은혜를 베푸시지요. 그래야 저도 조상님께 술 한 잔 올려 예의를 갖출 게 아닙니까?"

이렇게 말하고는 다람쥐가 납작 엎드려 꼼짝을 안 하네.

서대쥐는 말없이 다람쥐를 보았어. 일꾼 쥐를 도울 때도, 지난 잔치에서 다람쥐를 도울 때도 망설임 없이 기꺼이 도왔지만 이번엔 경우가 달라도 사뭇 다르잖아. 가만 보니 다람쥐가 여태 아무 일도 안 하고 빈둥빈둥 놀기만 한 듯하단 말이야.

'다람쥐 이 자는 그동안 먹을거리를 모으지 않고 대체 무얼 했단 말인가?'

다람쥐를 한 번 더 돕는 일이 크게 어려운 것은 아니었어. 하지만 그렇게 하면 먹을거리가 떨어질 때마다 찾아와 손을 벌릴 게 뻔해 보였지.

마침내 서대쥐가 입을 열었어.

"우리 집안은 멀고 가까운 친척들이 참으로 많다네. 그렇다 보니 잘사는 집도 있고 가난한 집도 있지. 나는 그나마 재물이 있는 편이라서 명절이며 제사, 기쁜 일이며 슬픈 일을 가리지 않고 형편이 어려운 친척과 벗들을 돕고 있네. 그러느라 다달이 드는 돈이고 먹을거리가 헤아릴 수도 없이 많아."

다람쥐는 기다리는 말이 안 나오고 딴 이야기만 줄줄 나오니 슬슬 애가 타거든.

'도와줄 것이면 시원스레 알았다고 할 것이지, 무슨 말이 저리 많아?'

"그뿐인가? 보아서 알겠지만, 굴에서 함께 사는 우리 식구가 얼마나 많던가? 우리 집안 살림하는 데만 먹을거리가 말도 못 하게 많이 든다네."

눈치 빠른 다람쥐는 서대쥐가 무슨 말을 하는지 알겠거든. 그래 숙인 고개를 발딱 젖혀 들고 서대쥐를 쏘아봤어. 서대쥐는 여전히 낯빛 하나 바뀌지 않고 제 할 말을 했지.

"하여 안타깝지만, 다시금 도와 달라는 자네 부탁을 들어주지 못하겠네. 모쪼록 내 말을 언짢게 여기지 말고, 나중에 웃는 얼굴로 다시 보세."

서대쥐가 이렇게 말하고 뒤돌아서는데, 다람쥐가 잔뜩 화가 나서 고래고래 소리쳤어.

"손님 대접을 이따위로 하는 집이 세상천지에 어디 또 있답니까? 누굴 거지로 보는 거요?"

방귀 뀐 놈이 성낸다더니 다람쥐가 딱 그 꼴이야. 제 화에 못 이겨 털을 잔뜩 곤두세우기까지 했다니까.

"아이고 분해, 아이고 억울해! 집이 가난하다고 어찌 티끌만큼도 잘못이 없는 나를 이렇게 푸대접할 수가 있소?"

"여보게, 진정하게."

"서대쥐 영감이 이렇게 나올 줄은 꿈에도 몰랐소!"

다람쥐는 연신 성을 냈지.

"지금 잘산다고 언제까지고 잘살 줄 아시오? 어디 한번 두고 봅시다."

다람쥐가 하다 하다 악담까지 퍼붓는데도 서대쥐는 아무 대꾸
가 없어. 그러니 다람쥐가 더 약이 오르지. 그래 이젠 펄쩍펄쩍 뛰
며 악다구니를 썼어.

"내 가난하지만 너 같은 쥐한테 이리 업신여김당할 줄은 몰랐
다. 우리 집안이 어떤 집안이었는데 감히 쥐 따위가……. 아이
고, 억울해!"

그러자 다른 식구들이 달려들어 다람쥐를 굴 밖으로 쫓아냈어.
서대쥐는 그 모습을 보며 쓴웃음을 지었지.

"옛말이 맞구나. 은혜를 원수로 갚는다더니……."

이게 다 서대쥐 탓이네

다람쥐는 성이 나서 길길이 날뛰다 자빠지고 엎어지고 데구르르 굴러 집으로 돌아왔어. 그 꼴을 보고 아내가 깜짝 놀랐지.

"아니 여보, 왜 그래요? 혹 집에 오다 족제비한테 해코지라도 당한 거예요?"

"뭐요, 족제비? 내가 족제비한테 물려 가길 바라고 있었소?"

다람쥐는 괜히 애먼 아내한테 화풀이를 했지.

아내가 보아하니 다람쥐가 보통 화가 난 게 아니야. 그래 더는 아무 소리 안 했지. 이럴 땐 화가 누그러져 제가 먼저 속을 털어 놓을 때까지 기다리는 게 낫거든. 아니나 다를까, 얼마 지나지 않아 다람쥐가 아내를 불렀어.

"이럴 줄 알았으면 당신 말을 들을 걸 그랬지. 그랬으면 망신살
은 뻗지 않았을 터인데 말이오. 내가 사정사정하며 도와주십사
했더니, 글쎄 서대쥐 그놈이 뭐라는 줄 아오?"
그러면서 이를 부드득 갈아.

"아주 딱 잘라 거절하더라고! 허 참, 기가 막혀서……. 재물 좀 있다고 눈 딱 내리깔고 거들먹거리는데, 내 어찌나 놀라고 분통이 터지던지! 아이고, 서대쥐가 어찌 내게 이럴 수 있단 말이오?"

"진정 좀 해요. 서대쥐 어르신도 어렵게 일군 재산을 마냥 나눠 줄 수야 없겠지요."

"뭐가 어렵게 일궜다는 거요? 부모 잘 만나 거저 물려받은 재산이고, 운이 좋아 임금한테 받은 밤나무, 잣나무가 아니오? 죄 공짜로 얻은 것이면서 돈푼깨나 있다고 으스대는 꼴이라니!"

그러더니 느닷없이 서대쥐 굴이 있는 쪽에 대고 소리쳐.

"내가 언제 네 전 재산을 달라더냐? 에라, 이 도둑놈아! 감히 땅속에 숨어 사는 쥐 주제에 나를 빈손으로 쫓아내?"

누가 누구더러 도둑이라고 하는지, 듣고 있는 아내가 다 부끄럽지 뭐야. 서대쥐가 어디 재산을 공짜로 일구었어? 오랜 세월 밤낮으로 일한 덕이고, 목숨 아끼지 않고 전쟁터까지 나간 덕이잖아. 그런데도 다람쥐는 막무가내야.

"내가 이대로 물러날 줄 알고? 어림없지. 두고 보시오, 내 그놈 코를 납작하게 만들어 줄 테니."

가만히 듣던 아내가 한숨을 푹 내쉬었어.

"대체 무얼 어쩌려고요?"

"몰라서 묻소? 산에서 가장 우두머리인 백호랑이한테 가 재판을 받아야지. 서대쥐 놈 재물을 몽땅 빼앗고, 매서운 형벌도 받게 하고야 말겠소."

여태 방 안에서 빌빌대며 꼼짝 않던 다람쥐가 지금은 영 딴판이야. 아주 기운이 뻗쳐. 어디 그뿐이야? 서대쥐를 혼내 주겠다며 아주 악다구니가 대단하잖아. 그러니 다람쥐 아내는 기가 막힐 노릇이지. 보다 못해 다람쥐한테 한 소리 했어.

"서대쥐 어르신이 우리를 도와야 할 까닭이 어디 있어요? 그런데도 한 번 도와줬으면 고맙다고 인사를 하지는 못할망정 무슨 낯으로 먹을거리를 달라고 또 떼를 써요?"

"누가 그걸 모르오? 그러니 은혜를 갚겠다고 말했잖소!"

"그랬으면 갚아야지요! 거절당했다고 화내지를 않나, 백호랑이한테 가겠다질 않나. 도둑이 되레 매를 드는 꼴이잖아요!"

다람쥐 아내는 남편 잘못을 꾸짖어 어떻게든 생각을 고쳐먹게 하고 싶었어. 그래서 따끔하게 쏘아붙였지. 그러고는 다시 달래느라고 남편 손을 부여잡았어.

"지난번에 도움받은 덕분에 한동안 풍족하게 지냈으니 은혜 갚는 데나 힘씁시다. 서대쥐 어르신을 헐뜯는 마음은 그만 버려요."

하지만 다람쥐 마음보가 어딜 가나? 도리어 아내 손을 뿌리치며 불벼락을 치네.

"밖에서 남편이 욕을 먹고 들어오면 함께 나서서 맞서야지, 어디 서대쥐 편을 들어요! 다 필요 없으니 냉큼 이 집에서 나가시오!"

아내도 더는 참을 수가 없었어.

"지금껏 고생하며 함께했는데, 어찌 내게 그런 말을 한답니까?
어려울 때 함께 고생한 부부는 죽을 때까지 함께해야 하는 것
도 몰라요?"

"모르오!"

아내가 이리 말해도 다람쥐는 딱 잡아떼지.

"뭐예요? 아니 가난하고 힘들 때 함께한 아내가 소중한 걸 모른
단 말예요?"

"그런 소리는 한 번도 들어 본 적 없소. 혹시 당신이 지어낸 말
이오?"

얼마나 얄밉게 받아치는지, 아내는 이제 화도 안 나. 어찌 이런

남편을 믿고 여태 살았나 싶었지. 그렇게 다람쥐 아내 마음속 공
든 탑이 와르르 무너져 버렸어.

"좋아요, 나갑니다. 나는 산으로 들어가 혼자 살 테니, 당신도
혼자 잘 사시구려."

"어디로 가는지 안 물어봤소. 내 걱정일랑 붙들어 매시오."

다람쥐는 끝까지 비아냥이야. 그러거나 말거나 아내는 자기 물
건 챙겨서는 뒤도 안 돌아보고 나가 버렸지.

다람쥐는 속으로 제까짓 게 가면 어딜 가나 했다가, 아내가 진
짜로 나가 버리자 가슴이 철렁 내려앉았어.

'진짜 갔나?'

허겁지겁 밖을 내다봤지만, 이미 늦은 뒤야. 아내는 벌써 어디로 가 버렸는지 온데간데없네. 다람쥐는 더 약이 올라 팔짝팔짝 뛰었어. 서대쥐 탓을 하며 아주 난리가 났지.

"아이고 분해, 아이고 분해! 이게 다 서대쥐 놈 탓이야. 암, 서대쥐 때문에 생긴 일이니 다 그놈 탓이고말고."

다람쥐는 곧장 서대쥐와 있었던 일을 글로 적어 들고 집을 나섰어.

다람쥐가 거짓을 고하네

다람쥐는 산속 우두머리인 백호랑이를 찾아갔어. 마침 백호랑이는 이 산 저 산 두루 다니며 짐승들을 살펴보고 이제 막 자기 굴로 돌아온 참이었지.

백호랑이가 자리에 앉자마자 잔심부름을 맡아보는 너구리가 들어와서 아뢰네.

"아무 산에 사는 다람쥐가 억울한 일이 있다고 찾아왔습니다."

"알았다. 데려오너라."

곧 다람쥐가 허리를 굽히고 머리는 숙인 채 종종걸음으로 너구리를 따라 들어왔어. 코앞에서 백호랑이를 보니 어찌나 몸집이 크고 무섭게 생겼는지 오금이 다 저리거든. 그러니 얼굴은 감히

쳐다보지도 못하고 납작 엎드렸어.

"무슨 일로 찾아왔느냐?"

그러자 다람쥐는 품속에서 주섬주섬 종이를 꺼내 두 손으로 올렸어. 백호랑이가 종이를 받아 들고 읽어 보았지.

하늘 아래 부끄러울 것 없는 다람쥐가 아룁니다. 저와 아내는 낮이면 산과 들에서 도토리와 낟알을 줍고, 밤이면 글공부로 하루를 마칩니다.

그런데 하루는 깊은 밤에 서대쥐 놈이 쥐 여럿을 데리고 집에 쳐들어왔지 뭡니까. 와서는 밤과 잣을 몽땅 훔쳐 달아났지요. 저희 부부가 산봉우리와 산골짜기를 손발이 닳도록 헤매며 주운 귀한 걸 말입니다. 추운 겨울이 오면 먹으려고 하루에 한 끼만 먹으며 아끼고 아껴 모아 둔 것이지요.

그런데 서대쥐 무리는 이 귀한 먹을거리를 훔쳐 가는 걸로도 모자랐는지, 난데없이 제 볼기짝을 걷어차고 꼬리털을 한 움큼 잡아 뽑고, 머리부터 발끝까지 몽둥이찜질을 해 대지 뭡니까. 세상누구보다 정직하고 욕심 없이 사는 저, 다람쥐를 말입니다!

아내는 겁을 먹고 그길로 달아나 죽었는지 살았는지 아직까지도 소식을 모릅니다. 그 뒤로 어찌나 무섭고 억울하던지 자다가도 벌떡벌떡 일어나 꼬리털을 쓸고, 아내를 목 놓아 부르며 밤을 꼬박 새운답니다.

부디 서대쥐 놈을 당장 잡아다 엄벌을 내리시고, 빼앗긴 제 먹을거리를 되찾아 주십시오. 지혜로우며 용감하신 백호랑이님께서 밝은 판결을 내려 주실 거라 믿습니다.

백호랑이가 글을 다 읽더니 수염을 쓱 쓰다듬어.

"네가 말하는 서대쥐가 혹시 얼마 전 임금님께 벼슬을 받았다는 그 서대쥐냐?"

"예, 욕심 많고 건방진 그 서대쥐 놈이 맞습니다."

"서대쥐는 밤나무와 잣나무를 받아 모자랄 것이 없을 텐데, 어찌 네 먹을거리를 훔쳤다는 것이냐?"

백호랑이 목소리가 쩡쩡 울리니 다람쥐는 오금이 저릿저릿하고 목소리도 달달 떨려.

"그야…… 욕심이란 끝이 없어 그런 것 아니겠습니까. 밤 아흔아홉 알을 가진 자가 남이 가진 밤 한 알을 빼앗아서 백 알을 채

우려는 마음보가 아닌가 싶습니다."

"어허, 이런 몹쓸 놈을 보았나! 네 말이 참말이라면 서대쥐를 용서할 수 없다. 임금님께 상까지 받은 자가 덕을 베풀어도 모자랄 판에 가난하고 힘없는 자를 괴롭혀?"

다람쥐는 속으로 만세를 불렀어. 제 뜻대로 일이 술술 풀리는 듯했지. 그래도 혹시 모르니, 시치미 뚝 떼고 그저 억울한 체했어.

"맞습니다. 이참에 임금님께서도 서대쥐의 참모습을 알고 벼슬과 재물을 도로 거두셔야 하지 않겠습니까?"

"어흠, 하지만 벌을 내리기에는 아직 이르다."

백호랑이가 수염을 쓱 쓸어 올려.

"서대쥐 말도 들어 봐야 할 것 아니냐?"

"아니, 제가 있는 그대로 여쭈었는데……."

"한쪽 말만 듣고 어찌 판결을 내릴 수 있단 말이냐. 서대쥐 말도 들은 뒤에 판결을 내릴 것이다."

다람쥐는 여전히 엎드려서 쩔쩔맸어. 이렇게 찾아와 말하면 백호랑이가 바로 서대쥐를 잡아다 벌을 내릴 줄 알았는데 그게 아니잖아. 덜컥 겁이 나니까 가슴이 벌렁벌렁 뛰어. 문득 아내가 한 말이 생각났지.

'아내 말대로 찾아오지 말걸 그랬나? 아니, 서대쥐를 다시 찾아가지 말걸 그랬지? 아이고, 이제 와 뉘우친들 무엇 하나. 아무쪼록 백호랑이가 내 말만 믿어야 할 텐데…….'

백호랑이는 너구리와 오소리를 불러 명을 내렸어.

"너희 둘은 당장 가서 서대쥐를 데려오너라."

그 말을 듣고 너구리와 오소리가 서둘러 길을 나섰지. 다람쥐
는 갈수록 마음이 조마조마했어.

죄가 없으니 무엇이 두려울까

백호랑이 굴에서 나온 너구리가 오소리한테 말했어.

"내 들으니 서대쥐 재물이 그렇게나 많다더군. 한데 남의 것을
빼앗다니 아주 욕심 많고 못돼 먹은 것 같지 않나?"

"아무렴 재물 많기로 이름난 자이지. 그런데 내가 듣기로는 마
음씨 너그러운 영감이라고 하던대."

"임금님께 벼슬까지 받고 보니 이제 뵈는 게 없는 모양이지."

"이런 쯧쯧쯧, 벼슬이 다 뭐라고…….."

"이보게, 그럼 서대쥐가 뒷돈을 두둑이 주면 편히 데려오고, 땡
전 한 푼 안 내놓으면 혼쭐을 내며 끌고 오세."

"그거 좋은 생각일세."

　둘은 서대쥐한테서 재물을 크게 뜯어낼 생각에 아주 신이 나서
마주 보고 웃어 젖혔어. 어찌나 크게 웃던지 산골짜기에 메아리
칠 정도였다니까.

　너구리와 오소리는 서대쥐 굴까지 득달같이 달려갔어. 그리고
는 다짜고짜 굴 앞에서 서대쥐를 큰소리로 불러 댔지.

　"서대쥐 있느냐? 우리는 백호랑이 님 명을 받아 너를 잡으러 왔
다. 꾸물대지 말고 냉큼 나오너라!"

　이 말을 들은 쥐들이 냅다 서대쥐한테 달려갔어.

　"이게 무슨 일이랍니까? 어쩌면 좋습니까?"

　쥐들이 모두 놀라 눈은 휘둥그레지고 두 귀를 발록거리며 허둥

지둥해. 그 모습을 본 서대쥐가 태연하게 말했어.

"놀랄 것 없다. 아무리 날카로운 칼도 죄 없는 자를 베지는 못한
다. 내가 지은 죄가 없는데 무엇이 두렵겠느냐?"

그러고는 점잖게 밖으로 나갔어.

너구리는 서대쥐를 보더니, 능글맞게 웃으며 오소리한테 속삭
였어.

"저것 좀 보게. 옷 입은 걸 보니 과연 잘사는가 봐."

"내가 뭐랬나."

이렇게 둘이 속닥거리는데, 서대쥐가 다가와 알은체를 해.

"너구리 선생, 그리고 오소리 선생, 반갑소이다. 그동안 잘 지내

시었소? 갈 때 가더라도 기왕 여기까지 오셨으니 안으로 들어
와 차라도 한잔하는 게 어떻겠소?"

저를 잡으러 왔다고 으름장을 놓는데도 서대쥐가 다정스레 반
겨 주니, 혼쭐을 내서 데려가려던 마음이 살짝 흔들리는 거야. 그
래 오소리가 한풀 누그러진 목소리로 말했어.

"우리 백호랑이 님께서 서대쥐 영감과 다람쥐를 두고 재판을
연다고 하셨소. 그래 영감을 데려오라는 명을 받고 왔는데, 어
찌 쉬었다 갈 수 있겠소?"

그러자 서대쥐를 따라 나온 큰아들이 끼어들었지.

"오소리 님 말씀이 맞습니다. 허나 예까지 귀한 걸음 하셨는데
잠시 목이라도 축이고 가시지요. 그러고 나서 부지런히 가면
되지 않겠습니까?"

그러니 뒤에 서 있던 다른 식구들도 하나같이 부탁하고 나서
네. 그러면서 서대쥐는 오소리 손을 잡고, 큰아들은 너구리 소매
를 붙잡고 안으로 잡아끄는 거야.

이때 너구리가 가만 보니 안 되겠거든. 굴속으로 들어가게 되
면 서대쥐를 자기들 뜻대로 다루기 어려울 거 아냐.

'이참에 뒷돈을 두둑이 받아 내려면 정신 똑바로 차려야 한다.'

그래 큰아들 손을 뿌리치며 뻗댔지.

"갈 길은 멀고 날은 저물어 가는데 들어가긴 어딜 들어간단 말
이오? 우리는 굴 밖에 있을 테니 빨리 채비나 하시오!"

그런데 오소리가 눈치도 없이 너구리를 졸라.

"이보게, 그러지 말고 잠깐 들어가 채비할 시간을 주도록 하세."

너구리는 누가 들을세라 오소리 귀에다 대고 속삭였어.

"답답하긴, 차 한잔이 대수인가? 한몫 두둑이 받아 내야 할 것

아닌가?"

"자네야말로 말이 안 통하는군. 안으로 들어가야 돈이고 무엇

이고 가져올 거 아닌가."

그제야 너구리가 냉큼 따라나섰어.

서대쥐 굴 안으로 들어가자마자 너구리와 오소리 눈이 휘둥그

레졌어. 둘 다 목을 빼고 이리 기웃 저리 기웃 둘러보느라 정신이

없네. 왜 안 그렇겠어? 굴속이 이렇게 크고 넓은 건 처음 보니 말

이야.

둘이 정신없이 둘러보다 자리에 앉았어. 서대쥐는 차 한잔 마

시며 무슨 재판인지 이것저것 물어볼 참이었지.

"그런데 대체 다람쥐가 무어라 했기에 나를 잡아간답니까?"

"흠흠, 그걸 어찌 싱겁게 맨입으로 묻는 것이오? 누가 이런 맹

물 같은 차를 마시고 싶댔소?"

너구리가 찻잔을 탁 내려놓으며 큰소리를 쳐. 뒷돈 받으려고

일부러 어깃장을 놓는 거지.

한데 서대쥐는 너구리 속셈을 아는지 모르는지 그저 가만히 있

거든. 때마침 큰아들이 술상을 내와 너구리 앞에 놓았어.

"미안하오. 차가 싱거우면 이 술이라도 드시겠소?"

서대쥐가 냉큼 술잔을 건네니 너구리는 얼떨결에 받아 들고 말았네.

"자, 이젠 맹물이 아니니 진하게 말씀 좀 해 주시오."

오소리는 벌써 큰아들이 따라 준 술을 받아 마시고 있어. 너구리는 이러지도 저러지도 못하고 눈치만 보다 마지못해 술을 들이켰어.

그렇게 마신 술 한 잔이 두 잔 되고 석 잔 되고 하다가, 이젠 술잔이 아니라 아예 술병을 들고 마셔대네. 그것도 한두 병이 아니야. 그러니 어떻게 되겠어? 너구리와 오소리는 얼큰하게 취해서 정신을 못 차리지.

"이를 어쩐다? 이제 떠나야 할 텐데……."

서대쥐가 아무리 어르고 달래도 너구리와 오소리가 일어나야 말이지. 하는 수 없이 큰아들이 너구리 품에 든 오랏줄을 꺼내 둘을 친친 묶었어. 끌고서라도 백호랑이 굴에 가려고 말이야.

"아버님, 걱정 마세요. 아마 가는 길에 이 둘도 술이 깰 겁니다."

그렇게 서대쥐와 큰아들이 앞서고, 술에 취한 너구리와 오소리는 오랏줄에 묶인 채로 길을 떠났어.

한참을 가는데 뒤에서 너구리가 정신 못 차리고 실실대며 술주정을 해.

"서대쥐 영감, 영감이 정말 다람쥐네 곳간을 탈탈 털었소? 다람

쥐도 때리고?"

"예에? 우리 아버님이 뭐가 아쉬워 그런 짓을 한단 말입니까?"

큰아들이 펄쩍 뛰니까, 너구리가 고개를 끄덕이며 오소리를 쳐다봐.

"그렇지? 아무렴, 말도 안 되고말고. 내 그럴 줄 알았어. 영감이 무슨 기운이 있다고 다람쥐를 때리겠어?"

"옳거니! 자네 말이 일리가 있구먼. 이제 내 말도 좀 들어 보게. 다람쥐 그 자가 빌어먹기를 밥 먹듯 한다던데, 곳간에 먹을거리를 채웠다는 게 말이 되나?"

"안 되지."

뭐가 좋은지 너구리와 오소리는 서로 이야기를 주고받으며 아주 배를 잡고 웃어대. 술에 취해 제 할 일도 잊고 그저 신이 났거든.

"푸핫, 어쨌거나 아무 걱정일랑 마시오. 판결이 나면 우리 둘이 곤장으로 다람쥐를 다스릴 테니. 서대쥐 영감 속을 시원스레 뻥뻥 뚫어 드리리다."

둘은 그렇게 한참을 시시덕거리며 갔어.

백호랑이 굴이 가까워질수록 너구리와 오소리도 술에서 점점 깼어. 차츰차츰 정신이 들고 보니까, 저희들이 죄인처럼 오랏줄에 묶여서 끌려가고 있잖아.

'아이쿠, 이게 무슨 망신이야?'

너구리와 오소리 누구랄 것도 없이 한마음이지 뭐. 후회가 이

만저만이 아니야. 술에 취해 뒷돈 받으려던 일도 까맣게 잊고, 거기다 다람쥐를 혼내 주겠다고 약속까지 해 버렸잖아. 또, 오랏줄에 묶인 꼴을 백호랑이가 보기라도 하면 어떻게 되겠어? 불벼락이 떨어질 게 뻔하지. 그런데 이제 와 오랏줄을 풀어 달라고 말하려니 어찌나 얼굴이 뜨거운지 입이 안 떨어져.

'내 어쩌자고 이 꼴이 됐단 말인가? 이게 다 굴속으로 들어가자고 한 오소리 탓이야!'

너구리가 화가 나서 뒤따라오는 오소리 발을 콱 밟았어.

'죄인을 잡아가기는커녕 죄인 뒤를 쫄래쫄래 따라오다니…….

애초에 너구리가 뒷돈 이야기만 안 했어도 이 꼴은 안 당했을 텐데.'

오소리도 화가 나서 너구리 꼬리를 쭉 잡아당겼지. 그렇게 뒤에서 옥신각신하다가 백호랑이 굴 앞까지 왔네그려.

끝내 둘은 기어들어가는 목소리로

"저기 이보게들, 우리 좀 풀어 줄 수 있겠나?"

하고는 고개를 푹 숙였지 뭐. 얼마나 한심하고 우스워?

이러구러 서대쥐는 백호랑이 굴에 다다랐어.

재판이 열리고

서대쥐는 너구리와 오소리를 따라 굴 안으로 들어갔어. 백호랑이가 번쩍이는 금빛 눈을 치켜뜨고 서대쥐를 내려다봤지. 그 모습이 어찌나 늠름하고 당당한지 과연 산속 우두머리다워.

"백호랑이 님, 서대쥐 인사 올립니다. 저를 찾으셨다고요?"

서대쥐는 사뿐사뿐 앞으로 나아가 살포시 허리 숙여 인사 올렸어. 그런데 조금도 두려워하는 빛이 없네. 지은 죄가 없으니 겁낼 까닭이 없는 거지.

재판 구경하러 사슴이며 토끼며 곰이며 온갖 짐승들이 우르르 모여 있었는데,

'서대쥐가 몸집은 작아도 간은 큰가 보다.'

하며 수군댔어.

"그래, 네가 여기 왜 불려 왔는지는 알고 있겠지?"

백호랑이 목소리가 쩌렁쩌렁 울려 퍼졌어.

마침내 너구리가 다람쥐를 데려오자 재판이 시작되었어. 오소리는 다람쥐가 올린 글을 소리 내어 읽었지. 서대쥐는 이미 오는 길에 다 들어서 아는 이야기였지만 다시 들어도 기가 차 숨이 턱 막혔어.

'뭐어? 내가 곳간을 털고, 자기를 때려?'

다람쥐한테 불벼락을 치고 싶지만 어쩌겠어? 백호랑이 앞에 불려와 재판을 받는 중인 걸.

이윽고 백호랑이가 물었어.

"서대쥐는 들어라. 다람쥐 말이 모두 사실이냐? 한 치 거짓도 없이 모두 털어놓아라."

서대쥐는 화를 꾹 참고 정신을 바짝 차렸지. 일이 이미 이렇게 됐으니 앞뒤 따져 가며 제 처지를 분명히 밝힐 수밖에.

"백호랑이 님, 다람쥐 말은 모두 거짓입니다."

서대쥐 말에 다람쥐가 엉덩이를 들썩들썩하며 안달이야. 하지만 백호랑이가 무서워 함부로 나서지는 못하고 쩔쩔매기만 했지. 백호랑이는 그런 다람쥐를 못 본 체하고, 서대쥐한테 마저 말하라고 했어.

"다람쥐 말은 모두 거짓이지만, 가만 생각해 보면 다람쥐만 잘

못한 것은 아니지요."

"옳거니! 그러니까 네 잘못도 있다, 이 말이냐?"

백호랑이 물음에 서대쥐가 오히려 되물어.

"백호랑이 님, 잘잘못을 따지는 재판이 왜 벌어지는지 그 까닭을 아십니까?"

"갑자기 그게 무슨 말이냐?"

"이렇게 재판이 열리는 것은 다 나라를 바로 세우는 법도와 임금님 덕이 모자라 생기는 것입니다."

"이 무슨 터무니없는 소리냐? 잘못은 제 놈들이 해 놓고 임금님 탓이라고?"

백호랑이뿐 아니라 구경 온 짐승들마저 웅성웅성하며 서대쥐를 나무랐어.

"들었나? 다람쥐가 거짓말을 한 게 임금님 탓이라는군."

"어허, 살다 살다 이런 헛소리는 처음 듣네."

다람쥐는 속으로 코웃음 쳤지.

'얼씨구, 저 영감이 미쳤나 보네. 저러다 목이 날아가지!'

서대쥐는 수염 한 올 흐트러짐 없이 꼿꼿하게 서서 백호랑이한테 물었어.

"만약 임금이 포악하여 제멋대로 나라를 다스리면 어찌 되겠습니까?"

"허 참, 그야 백성이 살기 힘들겠지."

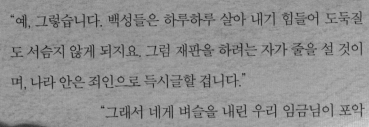

"예, 그렇습니다. 백성들은 하루하루 살아 내기 힘들어 도둑질도 서슴지 않게 되지요. 그럼 재판을 하려는 자가 줄을 설 것이며, 나라 안은 죄인으로 득시글할 겁니다."

"그래서 네게 벼슬을 내린 우리 임금님이 포악하다는 말이냐? 아니면 짐승들을 다스리는 내가 포악하다는 소리냐?"

백호랑이가 눈을 번뜩이며 소리쳤어. 그런데도 서대쥐는 여전히 눈도 끔뻑 안 했지.

"그럼 어진 임금이 백성한테 너그럽고 잘잘못을 법대로 다스린다면, 그 나라는 어떻겠습니까?"

백호랑이가 대답이 없자, 구경하던 짐승들이 답답한 듯 나섰어.

"몰라 묻나? 백성들이 살기 좋은 나라가 되겠지."

"대체 그게 다람쥐네 도둑질한 거랑 무슨 상관이야?"

"엉뚱한 소리 말고 도둑질을 했는지 안 했는지를 밝히라고!"

"그래, 다람쥐가 거짓말을 했다면 무엇이 거짓이고, 무엇이 진실인지 말해야지!"

그러자 백호랑이가 벌떡 일어나 구경하던 짐승들을 노려봐. 짐승들은 깜짝 놀라 입을 꾹 다물었지.

"서대쥐는 하고 싶은 말을 마저 해라."

백호랑이는 서대쥐 말을 들으면 들을수록 생각이 많아졌어. 얼굴은 화끈거리는 데다 마음이 뜨끔뜨끔했지. 처음엔 서대쥐가 엉뚱한 소리를 한다고 여겼는데 들다 보니 그게 아닌 거야. 구구절절 옳은 소리였지.

"예, 백호랑이 님. 어진 임금이 다스린 나라는 편안하다 보니 도둑은 사라지고 농부는 논밭을 소중히 여겨, 다툼이 일지 않아 재판하는 이들은 사라질 것입니다. 그러면 감옥도 텅텅 비게 되겠지요."

백호랑이는 속으로 생각했어.

'서대쥐가 감히 나를 꾸짖는 말을 하는 것은 제 목숨을 건 일일 터! 참으로 보기 드문 자로군.'

잘못하다간 백호랑이 마음을 상하게 해서 된통 혼쭐이 날 수도 있는 거잖아. 그걸 알면서도 뜻을 굽히지 않으니 얼마나 대단해?

구경하던 짐승들도 마찬가지야. 다시 생각해 보니 서대쥐 말이 옳거든. 법이 무서운 줄 알았다면 다람쥐가 감히 거짓 재판을 열지는 않았겠지. 그래 재판 결과가 어찌 나올지 더 궁금해졌어. 모두 다 눈도 끔뻑이지 않고 숨죽이고 지켜봤지.

마침내 백호랑이가 입을 열었어.

"그래, 이제 알겠다. 재판과 도둑이 끊이지 않는 건 백성들을 제대로 돌보지 못한 임금 탓도 있구나."

"백호랑이 님, 그럼 이제 다람쥐와 있었던 일을 말씀드리지요."

그제야 서대쥐는 지난 잔치 때 다람쥐한테 먹을거리를 꾸어 준 일, 다시금 찾아온 다람쥐를 빈손으로 돌려보낸 일을 빠짐없이 고했어.

다람쥐가 돌아가는 분위기를 보니 다들 서대쥐 말을 믿는 눈치거든. 그러니 이제 어째? 고개를 무릎에 처박고서 속으로

'아이고, 나 죽었네!'

하고 있지. 그 바람에 백호랑이가 다람쥐를 불렀을 때 어찌나 놀랐는지 오줌까지 지렸다니까!

"다람쥐는 말해 보아라. 아직도 서대쥐가 도둑이 맞느냐?"

"그, 그것이 사실은……."

다람쥐는 눈앞이 깜깜했어. 이제 거짓말이 다 들통났으니 말이야. 어찌해야 제 살길을 찾을지 재빨리 잔머리를 굴렸지.

"아이고! 백호랑이 님, 제가 죽을죄를 지었습니다. 글쎄 서대쥐가 저를 가난하다 비웃고 하찮다고 업신여기는데, 참을 수가 있어야지요."

그렇게 또 서대쥐 탓을 했어.

"네 이놈, 은혜를 원수로 갚아? 한심하고 어리석은 데다 도무지 용서할 수 없는 놈이로구나!"

백호랑이가 눈을 부릅뜨고 다람쥐를 노려봤어.

"곧장 판결을 내리겠다. 다람쥐한테는 엄한 벌을 주어 먼 곳으로 귀양 보내고, 서대쥐는 집으로 돌려 보내라."

"아이고, 안 됩니다, 살려 주세요! 백호랑이 님, 한 번만 용서해 주세요!"

판결이 나자 다람쥐는 이번만 좀 봐 달라고 데굴데굴 굴러. 서대쥐는 백호랑이한테 차분하게 말했지.

"제 억울함을 풀어 주셔서 고맙습니다."

그런데 어찌된 영문인지, 집에 갈 생각은 않고 백호랑이 앞에 무릎을 꿇네.

"다람쥐가 거짓말로 백호랑이 님을 속이려 한 일은 벌을 받아 마땅합니다. 하지만 제 딴에는 살아 보겠다고 벌인 일일 테지요. 비록 큰 죄를 지었으나 얼마나 딱한 노릇입니까?"

다람쥐가 가만 들어 보니, 저를 욕하는 게 아니라 안됐다며 편을 들잖아?

'저 영감이 대체 무슨 꿍꿍이야?'

저밖에 모르는 다람쥐 머리로는 도저히 알 수가 없었어. 그래 데굴거리던 짓도 멈추고 서대쥐를 쳐다봤지.

백호랑이와 다른 짐승들도 다르지 않아. 자기를 모함한 다람쥐를 따끔하게 혼내 줘도 모자랄 텐데, 어째서 다람쥐가 불쌍하다며 무릎까지 꿇는지 궁금하거든. 그래 백호랑이가 물었어.

"더 할 말이라도 있는 것이냐?"

"백호랑이 님, 다람쥐한테 큰 벌을 내리는 건 성가신 모기 하나 잡자고 큰 칼을 휘두르는 꼴이 아니겠습니까? 부디 불쌍한 다람쥐한테 덕을 베풀어 주십시오."

서대쥐 말에 다들 깜짝 놀랐어. 못돼 먹은 다람쥐를 용서하라니!

여러 짐승들이 안 된다고 말리는데도 백호랑이는 눈을 감고 대답이 없어. 그러다 부리부리한 금빛 눈을 딱 뜨더니,

"기특하고 또 기특하구나. 서대쥐, 네 부탁을 들어주마!"

하네. 덕으로 다스리라던 서대쥐 말을 따르기로 한 거지. 게다가 누구보다 억울할 서대쥐가 용서하자는데 뭘 더 어쩌겠어?

백호랑이는 다시 판결을 내렸어.

"다람쥐는 들어라. 네 잘못은 큰 벌을 받아야 마땅하나 서대쥐 뜻에 따라 너를 풀어 줄 것이다. 그러니 앞으로 서대쥐의 바르고 곧은 마음을 본받도록 하여라."

"아이고, 고맙습니다. 고맙습니다. 이 은혜 죽어서도 잊지 않겠습니다."

다람쥐는 이게 꿈인가 생시인가 싶어 제 수염을 한 움큼 뜯어 봤다니까. 그렇게 다람쥐는 백호랑이 굴에서 나왔지.

백호랑이와 재판을 구경하던 짐승들은 서대쥐의 너그러운 마음씨에 놀라지 않은 이가 없었어. 그래 너 나 할 것 없이 모두 입을 모아 서대쥐를 칭찬하느라 날이 저무는 것도 몰랐지.

다시 봄이 오고

다람쥐가 본디 저만 아는 성미에다 마음보도 고약하고 낯짝 두 껍기로는 둘째가라면 서러울 정도잖아. 그러니 평소 부끄러운 걸 알 리가 있나. 그런데 웬걸, 다람쥐도 이번에는 얼굴 들고 서대쥐를 못 보겠는 거야.

백호랑이 굴을 나와 집으로 가는데, 서대쥐와 함께 걸으려니 어디 마음이 편해? 그러니 앞서가는 서대쥐와 멀찌감치 떨어져서 쭈뼛쭈뼛 뒤따랐지. 그렇게 한숨만 푹푹 쉬며 땅만 보고 걷다 보니 드디어 갈림길에 다다랐어.

다람쥐가 차마 인사도 못 하고 우물쭈물하고 섰는데, 서대쥐가 다람쥐 손을 가만히 잡아.

"이보게, 큰일 겪었네."

그러고는 큰아들을 불렀어.

"가진 돈이 얼마나 되느냐?"

그 말에 큰아들이 펄쩍 뛰지.

"설마 다람쥐한테 주려고 하십니까?"

"남김없이 모두 다오."

"아버님, 어찌 다람쥐를 또 도우십니까? 그러다 또 무슨 일을 당하시려고요."

"아니다, 이제 괜찮을 거다."

큰아들은 다람쥐가 괘씸했지만 어디 아버지의 바른 뜻을 거스를 수가 있어야지. 서대쥐는 큰아들에게 건네받은 돈을 몽땅 다람쥐에게 건넸어.

"받게. 얼마 안 되지만 필요한 데 보태 쓰게."

다람쥐는 차마 손을 내밀지 못해. 그러자 서대쥐가 다람쥐 품에 돈을 찔러 넣었어.

"받으래도. 자네 아내도 어서 찾아야지."

다람쥐는 그저 엎드려 절을 했어. 고맙다는 말도 못 하고 눈물 방울만 뚝뚝 흘렸지.

어느덧 춥고 긴 겨울도 가고, 산에는 다시 꽃이 피는 봄이 찾아왔어. 서대쥐 굴은 오늘도 언제나처럼 식구들로 손님들로 북적이는데, 어찌된 일인지 다람쥐네는 조용하기만 해. 허구한 날 집에

만 있던 다람쥐가 어디를 갔는지 안 보여. 한데 가만 보니까 방 안에 편지 한 장이 있네.

여보, 혹시 집에 돌아오면
어디 가지 말고 기다리구려.
나는 오늘도 당신을 찾아,
먹을거리 찾아 새벽같이 집을 나서오.

어째 다람쥐가 이제는 마음을 고쳐먹은 거 같지? 그럼, 서대쥐와도 잘 지내느냐고? 글쎄, 다람쥐가 부끄러워 서대쥐를 피한다는 소문도 있고, 오히려 날마다 인사를 여쭈러 간다는 소문도 있어. 아무튼 틀림없는 건, 그 뒤로는 둘이 한 번도 다투지 않았다는 거야.

보리 어린이 고전 16

서동지전

2024년 12월 9일 1판 1쇄 펴냄

글 김청엽 | 그림 이서영
감수 서정오 | 표지 제목 글씨 송만규
편집 김누리, 김성재, 이경희, 임헌
디자인 남철우 | 제작 심준엽 | 영업마케팅 김현정, 심규완, 양병희
영업관리 안명선 | 새사업부 조서연 | 경영지원실 노명아, 신종호, 차수민
인쇄와 제본 (주)상지사P&B

펴낸이 유문숙 | 펴낸 곳 (주)도서출판 보리 | 출판등록 1991년 8월 6일 제9-279호
주소 (10881) 경기도 파주시 직지길 492 | 전화 031-955-3535 | 전송 031-950-9501
누리집 www.boribook.com | 전자우편 bori@boribook.com

ⓒ 김청엽, 이서영, 2024

보리는 나무 한 그루를 베어 낼 가치가 있는지 생각하며 책을 만듭니다.

ISBN 979-11-6314-390-1 74810
ISBN 979-11-6314-109-9(세트)

제품명 서동지전 | 제조자명 (주)도서출판 보리 | 주소 (10881) 경기도 파주시 직지길 492 | 전화번호 031-955-3535
제조년월 2024년 12월 | 제조국 대한민국 | 사용연령 10세 이상 | 주의사항 책의 모서리가 날카로우니 다치지 않게 주의하세요.
KC마크는 이 제품이 공통안전기준에 적합하였음을 의미합니다.